雛のころ

小間もの丸藤看板姉妹㊃

宮本紀子

時代小説文庫

角川春樹事務所

本文デザイン／アルビレオ

目次

第一章　昔の喧嘩　6

第二章　牡丹の根付　29

第三章　雛のころ　55

第四章　野点　80

第五章　耕之助の引っ越し　109

第六章　すれ違い　133

第七章　再訪　161

第八章　姉妹　198

小間もの丸藤看板姉妹　主な登場人物

里久（りく）　小間物商の大店「丸藤」の総領娘。幼いころ病弱で、養生のため叔母に預けられ品川の漁師町で育つ。昨年、十七歳で日本橋の生家に戻った。

桃　里久の妹、十六歳。小間物や化粧に詳しい。伊勢町小町と呼ばれる美しさ。

藤兵衛・須万（すま）　里久と桃の父母。藤兵衛は「丸藤」のあるじ。

惣介　手代頭。番頭や手代の吉蔵（きちぞう）、小僧の長吉らと共に店を支える。

彦作　鏡磨きの職人。里久との出会いで「丸藤」に居場所を与えられた。

民　奥向きの女中。姉妹を優しく見守っている。

清七　「丸藤」出入りの飾り職人。腕がいい。

耕之助　里久と桃の幼なじみ。米問屋「大和屋」のあるじ重右衛門を父に持つ。

雛のころ

小間もの丸藤看板姉妹 四

第一章　昔の喧嘩

暦は二月になり、お稲荷さんを祀る初午が近づいていた。

江戸の町は稲荷が多い。この日は町内の子どもたちが笛や太鼓を鳴らして練り歩き、近所に菓子や銭をもらいに行く。大きな稲荷の社では神楽が奉納されるところもあり、町中がにぎやかな音に包まれる。昨日は春の陽気の中、太鼓売りが、かんかん太鼓を打ち鳴らし、小間物商「丸藤」がある伊勢町界隈を回っていた。

しかし今日は一転、朝から雪が降っていた。

丸藤の総領娘の里久は空を仰いだ。曇天から牡丹雪がひらりひらりと舞い落ちてくる。

「お客さま、いらっしゃいませんねえ」

軒下に立って一緒に眺めていた小僧の長吉が、ため息をつく。通りにはうっすらと雪が積もり、足元が悪いせいで昼四つ半（午前十一時ごろ）になってもお客の入りは少なかった。

「そろそろやむさ。名残の雪ってやつだよ」

冬がまだここにいたいと駄々をこねているようだ。でもすぐに去っていくのを里久は知っている。庭の梅は咲き、菊は枯れた葉元から緑の新芽をのぞかせている。水鉢で飼っている金魚は、底から浮かび上がって餌の飯粒をつついている。もう春なのだ。とはいってもやはり寒く、里久はひとつ身震いした。

「さあ入ろう」

店内はいくつも手焙りが置かれていて、ふんわりと暖かい。ほっと体の強張りがほどける。と、店座敷にいた手代の吉蔵が、「どこに行ってたんだい」と長吉を小声で叱った。吉蔵は腕に小さな桐箱を三、四つも抱えている。

「振る舞い茶を新しくお出ししておくれ」

吉蔵がさらに小声で言いつけたのに、長吉ときたら、

「えっ、またですか」

と大きな声を出すものだから、吉蔵にぎろりと睨まれた。長吉は首をすくめ、急いで釜場へとむかう。しようがないなぁ。でも長吉の気持ちも里久にはわかる。お茶を替えるのはこれでもう三度めだ。吉蔵が小座敷に入っていく。「お待たせして申し訳ございません」と慇懃に言っているのが聞こえる。里久は店の大きな火鉢に炭を足すふりをして、長吉が熱い茶を運んでゆく背中越しに小座敷の中をうかがった。

客は畳表問屋「森田屋」の主人であった。丸藤に根付を探しに来ていて、主人の藤兵衛が相手をしている。

根付は品川の叔父が持っていたから里久にも馴染みがある。煙草入れや印籠を帯に挟んだときに落ちないよう、それぞれの紐の先につけ、すべりどめの役目をするものだ。帯の裏を通してぶらさげる。意匠を凝らすのも知っている。漁師の網元の叔父は、自分の船を模ったものだ。

それにしても長い接客だった。店を開けてすぐにみえたから、かれこれ一刻半（三時間）にはなろうか。森田屋はなにやら盛んにしゃべっている。

「根付ひとつになにをそんなに話すことがあるんだろう」

「そうですなあ」

いつのまにか里久の横に番頭がいて、火鉢に手を焙りながら、

「森田屋の旦那さまは好事家でいらっしゃいますからなあ」

と訳知り顔でうなずく。

「好事家って」

なんだろうと里久は首をかしげた。

「茶道具や軸など、趣味が高じて集めるお方がいらっしゃいますでしょう」

そう言われて合点がいき、里久はぽんと手をうつ。

「隣の蠟燭問屋のご隠居は釣竿だよ」

前に民が拵えたおはぎをおすそ分けに持っていったとき、これは鮒を釣るときのだ、こっちは鰷だと見せてもらったことがある。

「どっちも同じに見えたけどね」

番頭の目尻に皺が寄る。

「それと同じでございますよ。森田屋さんは根付に魅せられたくちです」

そういう御仁はけっこういて、気に入るものを探し求める。もちろん金を惜しまない。根付職人たちはそれを励みにますますよい品をと腕を磨くのだという。

根付が人をそんなに夢中にさせるだなんて。里久はまた座敷をうかがう。と、手代の吉蔵が茶を運んでいった長吉とともに出てきた。いやはや、とげんなりしている。

「難しいことばかりおっしゃって。しまいには職人の腕が落ちたのではないかとまで申されて。旦那さまもお顔には出されませんが、困っておいでのようでございました」

手代頭の惣介が外回りに出かけるため、ひと足先にとっていた昼餉から戻ってきた。小座敷を見て、番頭へささやく。

「仕出しをお頼みいたしましょうか」

「そうだねえ」

お得意さまで、時間をかけて品物を見立てる客には、膳を饗することもある。

思案していたら、にわかに座敷がざわついて森田屋の主人と藤兵衛が出てきた。

「すっかり長居をしてしまって。それに口幅ったいことを申しました。どうにも根付のことになるといけない」

森田屋の主人はお恥ずかしいと頭を掻く。

「いえいえ、こちらこそお気に召すものをご用意できず、申し訳ないことで」

藤兵衛はお店の主人らしく鷹揚に応じる。

「子どもじみているとお思いでしょうが、わたしはどうしても仲間をあっと言わせたいのですよ」

「それでは職人になにかおもしろいものをつくらせてみましょう。出来上がりましたら、声をおかけいたします」

それまでお待ちくださいませと告げる藤兵衛に、森田屋の主人は頼みましたよと頭を軽くさげて帰っていった。

客を見送って、藤兵衛はひとつ深い息をついた。

「お疲れでございましょう」

主人をねぎらう番頭に、藤兵衛はほろりと笑ってみせる。

「五月ごろに根付の仲間内で品評会を催すらしい。そのときに披露するものが欲しいそうだ」

「それでいつにもまして難しゅうございましたので」

番頭は腑に落ちたとうなずく。

「さて、品物をしまわなくてはね」

「わたくしもお片づけをお手伝いいたします」

番頭は座敷に戻る主人のあとについていく。外回りに行く手代を送り出していた里久も、

「お父っつぁま、わたしも手伝うよ」

と、そのあとにつづいた。

「うわあぁ」

小座敷に足を踏み入れて、里久は思わず息を呑んだ。

座った藤兵衛を取り囲むように、根付がずらりと並んでいた。小さな桐箱の前にそれぞれ袱紗が敷かれ、そのうえにさまざまな根付が鎮座している。

里久は畳に這いつくばって、そのひとつひとつに見入った。馬に、米俵にのぼる鼠、これは……妹の桃が読んでいた絵草紙で見たことがある。駱駝という異国の生き物だ。そのほかにもいくつもあった。材は木のものもあるが、大方は白い象牙だ。

「すごいねえ」

里久から感嘆のため息がこぼれる。そんな娘に藤兵衛はやさしくほほ笑みかける。

「手にとってじっくりごらん」

「いいの？」

「ああ、もちろんだ。長吉、おまえもこっちにおいで」

振る舞い茶を片づけに来て、盆を抱きしめたまま敷居ぎわで首を伸ばしている長吉に、藤兵衛は手招きする。長吉はおずおずとやってきた。その目は輝いている。

里久と長吉は藤兵衛をはさむようにして座った。

「ほら、ごらんよ長吉」

里久が手のひらにのせたのは、象牙で出来た子犬の根付だ。尻尾にじゃれているさまは、なんとも愛らしい。

「ふふ、かわいいねえ。そういえば、丸っこいものが多いね」

「いいところに気がついたね。根付は身につけるものだろ。帯や着物の布地を傷めないよう、丸みのあるものが多いのだよ」

藤兵衛は、大きさも一寸（約三センチ）から一寸半（約五センチ）ほどの大きさのものが主流なのだと、ふたりに説く。

「なるほどねえ」

「お嬢さん、こっちはちょっと怖いですよ」

長吉が指さすのは、二匹の鬼がなにやらひそひそと話している根付だ。その横には旅人、河童、仙人、提灯のお化け。二人の男が向かい合い、手拭いを首に巻いて首相撲をとっているものまである。

「愉快だねえ」

こんなのを腰にさげていたら、「おっ、洒落者だね」と一目置かれること間違いなしだ。そりゃあ、自慢だろう。

「里久が持つならどれがいい」

藤兵衛にきかれ、里久は腕を組んで「ううん」と唸った。

「どれかなあ」

どれもそれぞれに魅力がある。

藤兵衛は一心に眺めている長吉にもきく。

「わたしでございますか。そうですねえ」

長吉は案外あっさりと「これでございましょうか」と答えた。そろそろと手にしたのは、馬の根付だ。鬣をなびかせ、いまにも駆けだしていきそうだ。

「ほう、馬かい。好きなのかい」

長吉はへいと返事する。

「馬は子どものころから身近にいましたから」

長吉の家は雑司ヶ谷で百姓をしている。

「それにこの馬はなんとも勇ましいです。わたしもこんなふうに商いに邁進していきたい、そんなふうに思ったものですから」

小僧の身でおこがましいですが、と長吉は恐縮する。

「そんなことないさ。長吉、おまえは根付の本来の意味をよくわかっているよ」

主人は頼もしいと小僧を褒める。

「森田屋さんのように、珍しくて誰も持っていないものをと集めるおひともいるが、根付は己のこだわりを彫り込むものでもあるんだよ。子年生まれなら鼠の根付とか、自分の生業や、思い入れの深いものとかな。大げさに言ってしまえば、己の印と言っていい」

叔父の根付もまさにそうだ。そこで里久は思い出した。

「お父っつぁまの根付は藤の花だよね」

藤兵衛は左の袂から煙草入れを取り出した。紐の先に平たくて丸い象牙の根付がついている。周りを縁どるように藤の花が彫られ、裏を返せば紅猪口や簪、櫛が彫られた意匠だ。

「生業の小間物商丸藤ってわけだ。それにしてもきれいな色だねえ」

藤兵衛の根付は象牙だが、白くはない。艶やかな飴色に光っていた。

「長い歳月、手にふれたり着物にすれたり、おのずと磨かれてこういう色艶が出るんだよ。慣れ、といってね」

この色合いも根付の大きな魅力のひとつなのだという。

「へえ。じゃあ、ずいぶん長い間、身につけているんだねえ」

「丸藤の当主に代々受け継がれてきたものだからな」

それまで隅に控えて主人が語るのを一緒に聞いていた番頭が、「ええ、よく憶えております」と話に加わった。

「大旦那さまから根付を受け継がれたのは、二十四の年でございました」

須万という伴侶を娶り、正式に店のあるじになったときだったと番頭は懐かしがる。

「それにしてもさ」

里久は藤兵衛の根付から、また並べられた品へと目をうつす。

「よくこんなのが考えられるものだよね。それをまた彫っちゃうんだからすごいよ」

里久は見事な細工にほとほと感心した。と同時に飲みこめない思いも湧き起こってくる。

櫛や簪など、丸藤お抱えの職人はみな腕がいい。根付だってこの品を見れば職人の腕のよさは疑いようもない。

「なのに森田屋さんは職人の腕が落ちたんじゃないかって、お父っつぁまに言ったんだってね」

「そうなんですよ、お嬢さん」

長吉はこの耳でたしかに聞きましたと己の耳を引っ張る。

「そりゃあ森田屋さんは好事家なんだろうけどさ」

たくさん持っていて、目も肥えているだろう。さらにもっと凝ったものをと求める気持ちもわからなくもない。でも、あんまりな言い草だ。

「この根付のどこをどう見て、腕が落ちただなんて言うんだろうね」

丸藤や職人にケチをつけられたようで、なんだか悔しい。父のように穏やかに「なにかおもしろいものをつくらせてみましょう」なんて言えやしない。

「わたしがお相手をしていたら、きっと怒って喧嘩になっていたよ」

もうすでに腹を立てている里久に、番頭がぽろりと言った。

「昔の旦那さまを思い出しますなあ」

「おいおい、番頭さん」

藤兵衛がとたんに困り顔になった。番頭はしまったと顔をしかめたがもう遅い。里久は、なになに、と食いついた。

「あっ、ひょっとして、お父っつぁまがお客と喧嘩をしたとか」

まさかね。いつも冷静で穏やかな父親だ。が、番頭は里久から視線をすいっとそらした。

当の藤兵衛は「参ったねえ」とうなじに手を置く。里久はすぐには信じられず、

「お父っつぁま、ほんとうなの。ねえ、よかったら聞かせておくれよ」

と藤兵衛にねだった。失敗ばかりしている里久だ。若かりしころの父の、それも失敗談はぜひとも聞きたい。

「きっとわたしのためにもなるからさ」

藤兵衛は逡巡していたが、娘にそう言われては観念するしかないようで、ずっとずっと昔のことさ、と大きな目で見つめる娘に打ち明け話をはじめた。

「金吾っていう男がいてね。洒落者で、まあ言ってみれば道楽息子だ」

塩問屋の大店の跡取りで、手習い所からの友だったという。藤兵衛に流行の着物の柄行をよく教えてくれたそうだ。

「その金吾がうちで根付をつくりたいと言ってきてね。そのとき喧嘩になったんだよ」

金吾はすでに出来上がって店にある品ではなく、己が思い描いたものを彫ってくれと注文してきた。藤兵衛はよろこんで引き受けたのだが、その注文が難しかった。

「牡丹を彫ってくれって言うんだよ。わたしの根付のような平たいものじゃない、花びらも一枚一枚咲いているように彫ってくれってね」

藤兵衛は熟練の職人にまかせることにした。職人が苦心して彫りあげた品は、藤兵衛の目から見てもよい出来だった。きっと満足してもらえるだろう。

しかし金吾はその根付をひと目見るなり突っ返した。

――わたしが注文したのはこんなしけた牡丹じゃない。つくり直しておくれ。

もっと花びらを薄くしろという。金吾は友達であっても、いまは客でもある。藤兵衛はわかったよと応じた。だがそれから何度つくり直しても、金吾は気に入らない。とうとう職人が店へ来て金吾と向かい合った。

合いやせん。すぐに欠けちまいやす。

——若旦那、根付っていいやすのはね、身につけて使うもんでございやす。薄い細工は合いやせん。すぐに欠けちまいやす。

職人の塩辛声（しおからごえ）を金吾は鼻先で笑い飛ばした。

——根付がどういうものかぐらい、わたしだってわかっているさ。若いからって侮（あなど）らないでおくれ。はん、己の腕がないから出来ないって、はっきり言えばどうなんだい。

職人は悔しさに唇を噛（か）む。藤兵衛は庇（かば）うように前へずいと出て怒った。

——金吾、うちの職人に難癖つけるのはよしとくれ。許さないよ。

——本当のことを言ってなにが悪い。

——なんだとっ。もう、おまえのわがままには付き合いきれん。

——へえ、客の注文を断わるってか。藤兵衛、ずいぶんとえらくなったもんだな。さすが店の主人だ。

藤兵衛は腰を浮かせた。

——おっ、やるかい。

金吾は腕をまくって挑発する。

——だ、旦那さま、落ち着いてくださいまし。金吾さんも。

番頭がなだめても藤兵衛と金吾は睨み合う。そんなふたりの間に職人が割って入った。

——丸藤の旦那、ありがとうございやす。あっしも、もう一度だけやってみやす。

それからどれぐらいしてだろう、職人が出来やしたと根付を持ってやってきた。そのあまりの出来栄えに藤兵衛は言葉をうしなった。

象牙の一寸半ほどの根付は、花びらは陽をうけてほんのり光るほど薄く、いく枚も重なり合い、まさに大輪の白い牡丹が咲き誇る、それはすばらしいものだった。

――これがだめでも、あっしは悔しかありやせんぜ。

職人はそう言い残し、胸を張って帰っていった。

机に置かれた根付を見つめ、番頭がしみじみと言った。

――難しい客や、無理難題を言う客だからって、悪い客とは言えないのがこの商いなのでしょうね。職人は、なにくそっ、と思い、いまに見てろと客の注文に必死になる。そうやって腕は磨かれていく。金吾さんは言ってみれば職人を育てる客といえましょう。これをお渡しするとき、よくよくお礼を。そして仲直りなさいませ。

番頭の言葉が胸に沁み、藤兵衛も仲直りするつもりでいた。が、結局できなかった。

仕上がったと報せを受けてやってきた金吾に、藤兵衛は根付を見せた。金吾は目をみはり口をつぐむ。驚いている様子に、金吾からどんな賛辞が聞けるか藤兵衛は待った。が、金吾の唇の先から出たのは、「まあ、こんなもんか」だった。

藤兵衛はまたむっときた。番頭につつかれても、金吾、おまえの難しい注文のおかげで職人の腕があがったよ。この前は悪かったね。許しておくれ。胸に用意していた礼と詫びの言葉は、どうしても出てこなかった。代わりに出てきたのは「無理に引き取ってもらわなくても結構だ」だった。しかし金吾はわたしが注文した品だと根付を桐箱に戻し、ひったくるようにして持って帰っていった。

店から出ていくとき、金吾はいちどだけ振り返った。藤兵衛は顔をそむけ、目の端で金吾が乱暴に暖簾(のれん)を割って去っていくのを見送った。

「いま思えば呆(あき)れるほどたわいない喧嘩さ」

藤兵衛は里久に苦い笑みをむける。

「それで金吾さんとはどうなったの」

里久は問うた。

「それっきりさ」

「えっ、どういうこと」

藤兵衛はもうなにも言わず、黙々と目の前の根付を桐箱にしまいはじめた。

その寂しそうな顔といったら。里久はこんな父親を見たことがない。

「ほらほら、わたしたちもお手伝いをしなくては」

番頭がもうこの話はおしまいだと言わんばかりに、そそくさと片づけにかかった。

「お嬢さんも手を動かしてくださいまし」

「えっ、ああ」

里久は教えられたとおり、根付を柔らかい布にていねいに包んで桐箱へしまう。長吉が茶碗を盆にのせ、そっと座敷から出ていった。

「それっきりってことは、ずうっと喧嘩したままってことなのかな」

その日の昼下がり、里久は奥座敷で花を活けている母の須万に小座敷での話をした。須万は梅の花を寸胴に活けながら黙って聞いていたが、

「金吾さんかい。懐かしい名だねえ」

とつぶやいた。

「やっぱりおっ母さまも知っているおひとなんだ。ねえ、どんなおひとなんだい」

「それを聞きたくて店にも戻らず、さっきからわたしにひっついているのかえ」

図星をさされ、里久はちょっと肩をすくめてみせた。

「まったくおまえときたら、知りたがりやだねえ」

ええ、知っていますとも。須万は枝振りを直しながら答えた。

「婚礼にも来てくださったし、うちにもちょいちょい遊びにいらして。そうそう、『翁屋』の塩饅頭は、金吾さんの手土産で知ったんだっけか」

「仲がよかったんだ……」

「ええ、とってもね」

「じゃあどうして仲直りしないんだろ。いまも強情を張っているのかな。なんだかお父っつぁまらしくないよ。ごめんよって、謝ればいいのに」

「おまえのいいところは、そうやって素直に謝れるところだね」

須万は美しい青眉でふふっと笑う。

「お父っつぁまだって、そりゃあ謝りたかったろうさ」

だけどねえ……と須万は床の間に落ちた梅の蕾を惜しむように拾う。

「謝る機を逃してしまったんだよ。仲たがいしてすぐに、金吾さんは江戸からいなくなってしまったから」

金吾は放蕩が過ぎて家を追い出されたのだという。

「知り合いがいる行徳に預けられたと聞いたよ」

面食らっている里久に、

「ね、やんちゃなおひとだったんだよ」

まじめな藤兵衛と仲がよかったのがいまだに不思議なぐらいだと、須万は首をかしげる。

「お互い頑固の似たもの同士だから馬があったんだろうかね。だからこじれるとよけいに厄介なんだろうよ。どうしていいかわからぬうちに刻だけが過ぎていって、ますますわからなくなって。それにしてもほんとうに長い刻がたってしまったもんだよ」

須万は「なにかきっかけがあるといいんだけどねえ」と、手の蕾を懐紙に大事そうに包んだ。

微かに梅の香りが漂う座敷にひとり残り、里久はさっきの藤兵衛を思い出していた。

大風にびくともしない大樹のような父が、小座敷ではひどく心許なく里久の目に映った。まるで泣いているようにさえ見え、里久は軽い気持ちで話してくれと請うたことを後悔した。

「ごめんよ、お父っつぁま」

それでも聞いたからには、娘としてこのまま知らん顔ではいられない。どうにかできないものか。

「きっかけかあ」

里久は寝床の中で何度めかの寝返りをうった。

あれからいろいろ考えたが、いい知恵は浮かばない。

部屋には枕行灯がひとつ灯り、小さく揺れている。

「どうしたの」

襖の向こうから桃の声がした。妹は母の須万と面差しが似ているが、近ごろでは声までそっくりだ。欄間から灯りがもれているから、行灯の灯りを大きくして読本を読んでいるに違いない。桃にも藤兵衛と金吾のことは話していた。

「姉さんのことだから、仲直りができないものかと目論んでいるんでしょ」

桃はなんでもお見とおしだ。

「またお節介って思っているんだろ」

そうよ、と返ってくるものと思っていたら、桃は意外にも「そんなことないわよ」と答えた。

「とっても親しかった友達と仲たがいしたままだなんて、寂しいもの」

「そうだよね」

里久の声がおのずと大きくなり、桃はふふふと笑う。

「会わなくなって何年なのかしら」

「ええと、お父っつぁまが二十歳半ばぐらいのときだからぁ……おおよそ二十年か」

桃が息を呑んだのがわかった。

里久はまた寝返りをうって、暗い天井を見つめた。

夕餉のときの藤兵衛は静かだった。今夜の酒の肴は赤貝を大根おろしで和えた膾で、貝好きの藤兵衛の好物だ。いつもなら、おっ、と顔をほころばせる藤兵衛なのに、今夜は黙って食べていた。女中の民が口に合わないのだろうかと、不安げな視線を送っていたのも気づかない。須万が察して、上の空なだけだよ、と耳打ちしていた。

久しぶりに金吾のことを思い、会わない歳月を改めて数えていたのかもしれない。

あまりにも長い歳月を結びつけるきっかけなど、あるのだろうか。そんなことを考えていたら、ますます眠気はささない。

「きっかけかあ」

また里久がつぶやいたとき、桃の部屋の行灯の灯りがふっと消えた。

翌日、里久は紅猪口に紅を刷きながら大きなあくびをもらした。あれからもなかなか寝つけなかった。隣で刷いている長吉も誘われたのか、ふわりとあくびをもらす。

「なんだい、長吉も寝不足かい」

「ええ、遅くまで手習いをしていたんですよ」

手代頭さんがおしまいにしてくれなくて、と長吉はぼやきながら目をこする。

「へえ、惣介は案外厳しいんだね。なにを習っていたんだい。算盤かい」

「昨夜は文の書き方ですよ。それがおっ母宛てに書いてみろって言いなさるんですよ。そんなの、なにを書いてよいかわからないじゃないですか」

なんだか照れちまうし、と長吉は鼻の頭を掻く。

「文かあ。そういや品川の兄さんに久しく書いてないなあ。さっそく今日にでも書こうかな」

新しい猪口に紅を刷いていた里久だったが、紅が乾いて玉虫色に変化していくのを眺めていくうち、はたと気づいた。

「そうだ、文だよ」

「な、なんです」

「仲直りのきっかけさ。文を金吾さんに書いたらどうかと思って」

「それはよいお考えでございますな」

声にはっと顔をむけたら、番頭が目の前に立っていた。

「しかしいまは商いに精を出してくださいませ。大きなあくびなど、もってのほかでございますよ。長吉もだ」

しっかり見られていたようで、ふたりは「ごめんなさぁい」と謝る。

番頭は「紅一匁、金一匁」と唱え、里久と長吉は姿勢を正し、また紅猪口に紅を刷く。

その夜、里久は行灯の灯りのもと、文を書こうと机にむかっていた。

しかしもう半刻（一時間）近く墨を磨りつづけるばかりで、机に広げた巻紙は真っ白のままだった。伝えたい想いは溢れてくるのに、それをどう書き綴ればよいのやら。

「これじゃあ長吉と同じだよ」

襖が開いて姉さん、と桃が入ってきた。「どう、書けた」と手許をのぞく。

白いままの紙を見て、妹は姉の肩へ手を添えた。

「うまく書こうなんて思わないで、伝えたいことをそのままに書けばいいのよ。ありのまま、思ったように。それが姉さんらしいわ」

「そっか。うん、そうだね。わかったよ」

　里久はまたひとりになると筆先を墨に浸し、よし、と紙にすべらせた。

　お父っつぁまはやさしいひとです。お父っつぁまはすごい商人です。お父っつぁまは喧嘩別れをしたことを悔やんでいます。お父っつぁまと仲直りしてください。それから――。

　書きだしたら伝えたい想いはさらに溢れ、どうにか書きあげたときには、書き損じの反古紙(ほごがみ)の山が出来ていて、雨戸の隙間(すきま)から薄く朝陽が射しこみはじめていた。

　今朝の店の小座敷の花は水仙だ。備前(びぜん)焼の花器に活け終えたあと、里久は番頭に今日は少しだけ外に出てきてもいいかい、と伺いを立てた。

「文を送りたいんだよ」

「それなら便屋(たよりや)が回ってきますが」

「金吾さんの在所を教えてもらいに川村屋(かわむらや)さんを訪ねてから、そのまま便屋さんに持っていこうと思っているんだ」

　川村屋は、須万から教えてもらった金吾の実家の塩問屋の名だ。金吾がいまも行徳にいるのかわからず、まずは確かめてきてごらんと須万に言われていた。伊勢町河岸(いせちょうがし)通りを北へ道浄橋(どうじょうばし)を渡った堀江町(ほりえちょう)にある。店は弟が継いでいるそうだ。

「さようで。では長吉をお供に連れていかれませ」

それから、と番頭は懐からなにやら取り出した。封〆された文だった。

「わたしも認めたのです。一緒に送っていただけませんでしょうか」

「番頭さん」

里久は番頭を見上げる。

「お願いいたします。旦那さまと金吾さんが仲たがいしたままなのは、わたしが至らなかったせいでもあるのです。あのとき、旦那さまの口惜しいお気持ちは、わたしの気持ちでもありました。しかし番頭なら、もっと強く仲直りをおすすめしなければなりませんでした。それがいまだに悔やまれてなりません」

旦那さまが若かったように、わたしもまた若く未熟でございました、と番頭は悔恨の言葉を口にする。

「あのときの詫びをここに記してございます。どうぞ」

番頭はお願いいたしますと里久に文を渡す。

里久は受けとり、番頭の胸にある重いものを吹き飛ばすように、明るく言った。

「ありがとう番頭さん」

第二章　牡丹の根付

堀江町にある塩問屋の川村屋は、間口の広い大店(おおだな)だった。表には塩を詰めた俵が積まれ、荷車が行き交っている。傍(かたわ)らでは、何人もの男たちが塩を盛った笊(ざる)を天秤棒(てんびんぼう)で担(かつ)ぎ、奉公人たちにしっかり稼いでこいと送り出されていた。

「塩売(しおうり)をするんですよ」

長吉がささやいた。他国からなんの伝手(つて)もなく江戸へ出てきた者がすぐ働けるのが、塩売なのだという。

「塩問屋はああやって、笊と天秤棒を賃貸ししているんです」

塩売の男たちが行ってしまうと、店先は急に静かになった。

里久は店の正面にむき直り、「長吉いくよ」と小さく気合いをいれ、暖簾(のれん)をくぐった。

店内には塩を山盛りにした大きな樽(たる)が四つ、五つとあり、赤穂(あこう)だ、阿波(あわ)だと、産地の札(ふだ)

がそれぞれの塩の頂にささっていた。

「へえ、いろんなとこで塩はつくられているんだねえ」

見上げるように眺めていた里久に気づき、帳場から男が出てきた。鷲鼻に丸い眼鏡をかけている。ここの番頭だろうか。

「なんだかおっかなそうですね」

長吉がひそっと言う。

「そうだね」

「お出でなされませ」

その男が膝をついて里久たちを迎えた。

「あの、『丸藤』の者でございます。こちらへは金吾さんの在所をうかがいにまいったのですが」

丸藤……金吾とつぶやいて、男の眉間に深い皺がきざまれた。

「といいますと、藤兵衛さんのところの」

「はい、娘の里久にございます」

「あなたがまたどうして、兄の居所などお知りになりたいのですか」

男は探るような目を里久にむけ、弟の与助だと名乗った。

里久はあわてて「はじめまして」と挨拶する。与助は同じ問いをくり返した。

「あの、父と金吾さんの喧嘩のことは」

「ええ、知っていますよ」

与助は早口で答えた。

里久は正直に、仲直りをしてほしいのだと告げた。そのために文を書いたから送りたいのだと。

「喧嘩といっても、もうずいぶん昔のことでございますよ」

なにをいまさらと与助は呆れる。

「でも、まだ仲たがいしたままです。いまの父のことを知ってほしくて、こうして認めてまいりました」

里久は携えている文の包みを見せる。

「ぜひ金吾さんに読んでもらいたくて。在所を教えてくださいまし」

お願いしますと頼む。

「このことを藤兵衛さんはご存じなので」

「いいえ、わたしの一存です。でもお父っつぁまも仲直りしたいと思っています」

「そんなこと、どうしてわかる」

「娘ですから」

と里久は言い切った。

「……兄が放蕩して勘当されたのは知っているのかね」

「はい」

「どんな人間になっているか考えないのかい。どうしようもないやつになっていたらどうするつもりだい」

長吉がはっとして心配顔をこっちへむけた。

「そんなこと……」

里久はこれっぽっちも思いもしなかった。

「どうしてだい」

だって……。里久は与助に、にっこり笑う。

「だって、お父っつぁまの友達だもの」

それを聞いた与助は、「ぐふっ、わははは」と呵々大笑だ。

「うれしいことを言ってくれるじゃないか。里久さんと言ったね、ありがとう」

与助は、兄はいまも行徳にいると里久に教えた。

「塩田にいるよ。むこうで嫁をもらって、いまじゃあ塩づくりの職人だ」

若いときの兄は好きじゃなかったと与助は吐露する。

「やたらと尖って。藤兵衛さんと喧嘩したあともいろいろあったんだよ。だけど兄は行徳に行って変わった。いまじゃあ、しょっちゅう会う仲さ」

明日もちょうど仕事ついでに会いに行くところだという。

「それでだが、よかったらその文を預からせてくれないかい。わたしから直に渡すよ」

里久は願ったりかなったりだ。

「ありがとうございます」

「お嬢さん、よかったですね」長吉も緊張した頰をゆるめる。

里久は文の包みに手をのせて祈った。

これで藤兵衛と金吾の仲たがいがすぐに解けるとは思わない。でもこれがきっかけとなり、また友として付き合えたなら。それが無理でも、せめて返事をもらえますように。

祈る娘を与助は静かに見守る。

「大丈夫さ。兄さんも仲直りしたいと思っているよ」

「ほんとうに」

それならどんなにいいだろう。

「ああ、わたしも弟だ。兄のことはわかるさ」

里久は力強くうなずき、文を与助へ託した。

「お願いいたします」

「たしかにお預かりしました。里久さん、骨を折ってくれてありがとう。藤兵衛さんにも、兄を忘れずにいてくれてありがとうと伝えておくれ。いや、これは兄からきっと伝えさせよう」

与助は文を両手で押しいただいた。

それから数日して初午(はつうま)を迎えた。

丸藤の近くの瀬戸物町(せとものちょう)にも稲荷(いなり)があり、朝から子どもたちが元気に笛や太鼓を打ち鳴らし、「稲荷講、万年講、お十二灯おあげおあげにこあげえぇ」と口々に唱えながら店にやってきた。里久は店の前で豆や菓子を配ってやる。

「押さない押さない。たんとあるからね」

「お姉ちゃんありがとう」

子どもたちは声を弾ませて礼を言い、また別の店へと去ってゆく。

入れ替わるように道の向こうから便屋(たよりや)がやってきた。書状や書付を入れた箱の先に鈴がついていて、ちりんちりんと鳴る音が近づく。里久はじっと待った。が、便屋は無情にも里久の前をとおり過ぎてゆく。

里久は「はあぁ」とため息をついた。この数日、何度こうして便屋を見送ったことか。

金吾からの文の返事はまだこない。

「渡してからまだ数日だもん」

里久は気を取り直し、よく晴れわたった空にむかってうんと伸びをした。春のうららかな陽射しがさんさんと降りそそぐ。どこで咲いているのか、沈丁花の香りがする。

「おい、里久」

と呼ばれて振り返ると、米問屋「大和屋」の耕之助が立っていた。

「おっ、耕之助も菓子をもらいに来たのかい」

違げえよ、と言いながらも、耕之助は里久が手にのせてやった豆をぽりぽり食べる。いい天気だよなあ、と空を見上げていたからか、鼻がむずむずすると言って、くしゃみを連発した。

「馬鹿だなあ」

里久はあははと笑う。

鼻をこすりながら耕之助は話す。

「今日さ、長屋を探しに行ってきたんだけどさ」

耕之助は大店の下り米問屋の主人、大和屋重右衛門が外につくった子だった。父親の許に引き取られて育ったが、いろいろあって、いまは息子ではなく奉公人として大和屋で働いている。それだけではなく、大和屋の家からも出ていくと決めたようで、住まいの長屋を探している最中だ。

「見つかったかい」

「もうぜんぜんだめ」

耕之助はお手上げだと両手をあげる。

「そうかい。長屋なんぞすぐに見つかると思っていたけどねえ」

「俺も。そう容易くいかないもんだな」

仕事場に近くて店賃も安く――と、あれこれ条件をつけると難しいようだ。男のひとり所帯も酒を呑んで暴れたり、火の始末をおろそかにしたりで、大家がいい顔をしないらしい。

「そんな男と一緒にされちゃあ困るぜ」

耕之助はおかんむりだ。

「ねえ、大和屋の家作に入れてもらったらどうだい」

大和屋なら家作のひとつやふたつ持っているだろうし、耕之助ひとりぐらい長屋に入れるなんて雑作もないことだ。それに、耕之助のためにそれぐらいしたって罰はあたらないと思う。我ながらいい考えだ。なのに耕之助ときたら、鼻に皺をうんと寄せて呆れた。

「まったく里久は世間知らずだなあ。親子の縁を切ったんだぞ。俺はあくまで奉公人だ。店の主人が奉公人にそこまで面倒みないだろ」

言われてみればそのとおりなのだが、里久はむっとした。

「なんだよ、心配して言ってるのに。だったらずうっと困ってりゃいいさ」

里久は「あっかんべー」と舌を出し、さっさと店内へ戻った。

「おやおや、喧嘩でございますか」

手代頭の惣介が見ていたようで、仲がおよろしいことでと茶化す。

「仲なんてちっともよくないさ」

桃は耕之助のどこがいいんだか。里久にはさっぱりわからない。

つまらない喧嘩で初午の日は暮れていき、そしてまた数日が過ぎた。

そんなある日の昼下がりだ。

丸藤の暖簾に影が差し、耕之助が顔をのぞかせた。紅猪口を刷いている里久を手招きする。睨んでやったら、

「なんだよう、まだ怒ってんのかよう。悪かった。堪忍してくれよ」

と謝った。

「ひとを案内してきてやったんだからさあ」

耕之助は中之橋のところで丸藤はどこだとたずねられたと話す。

「ちょっと待っていろよ」と耕之助は首を引っこめ、誰かを呼んでいる影がまた暖簾に映った。ふたりの影が加わる。男と女だ。どうも女が男の背を押しているようだ。

なんだろう？　里久は腰を浮かした。客に出ている奉公人たちも気にしている。鏡を磨いている彦作の手もとまる。長吉がお客なら出迎えようと土間をおりていった。

お出でなさいましと暖簾を掻き分けたそのときだ。

「んもう、さっさと教えてくれたらいいものを。ほら、ここであっているんでしょ。だったらごねないでよ」

若い女の声がしたかと思ったら、背中を力いっぱい押された男が踏鞴を踏むようにして店土間にどどっと入ってきた。

長吉が驚いて飛びしさる。里久も奉公人も、みなびっくり仰天だ。

「お奈三、おめぇ、親にむかってなんてことしやがる」

男は暖簾をくぐって後から入ってきた若い娘に怒鳴った。どうやら親子のようだ。

里久たちの視線に気づいて、男はすぐに威勢をなくした。居心地悪そうに土間に突っ立っている。紬に共の羽織を着こなし、どこかお店の主人といった形だが、それにしてはやけに陽に焼けている。体つきもがっしりしていて貫禄がある。赤銅色の顔はまるで漁師のようだ。品川の浜で育った里久にとっては、なんとも懐かしい風情だ。

里久は店座敷に手をつき、番頭仕込みの挨拶で親子を迎えた。

「丸藤にようお出でくださいました」

怒鳴られた娘はへっちゃらで、浅く陽に焼けた肌に白い歯を見せてにっこりほほ笑む。

「おじゃまいたします。行徳から参りました父の金吾とその娘、奈三にございます」

文の返事ばかり気にしていたら当の本人がやってきて、里久は呆然となる。

「ほらお父っつぁんも挨拶して」

お奈三は父親の脇腹を肘で突ついた。

帳場からよろよろと番頭が出てきた。

「ほんに川村屋の若旦那の金吾さんで」

男は番頭を見て、やっと口端をゆるめた。

「もう若旦那って年じゃねえよ。番頭さんもすっかり老けちまったな」

男の冗談口に、

「ああ、間違いございません。まさしく金吾さんでございます」

番頭は少々お待ちを、と言い置いて、

「だ、旦那さま、旦那さま。金吾さんでございますよ」

足音をたてて内暖簾の奥へと消えていった。しばらくして番頭に引っ張られるようにして藤兵衛が店へあらわれた。土間に立つ男を見て、

「金吾……」

と絶句する。

「よう、達者だったかい」

手をあげ、ひょうひょうと挨拶する金吾だったが、声はうわずっている。やはり久しぶりの再会に緊張しているようだ。

「とにかく上がってくれ」

奥へ、とすすめる藤兵衛に、金吾はあげた手をひらひらふった。

「こいつに簪を見せてやってくれないか。嫁入りが決まってな。仕度に簪を丸藤で誂えたいと言いやがってよ」

「それはそれは、おめでとうございます」

番頭に寿ぎを述べられて、お奈三はぽっと頬を染める。

「それではさっそく。お嬢さんもご一緒にお見立てをしてさしあげてくださいまし」

「もちろんだよ」

里久は「ささ、どうぞ」とお奈三の手をとった。

番頭が小座敷にありったけの簪を並べる。長吉が振る舞い茶に、急いで買ってきた翁屋の塩饅頭を添える。須万と桃は出かけていて、いまから呼びに行ってくると告げ、またあわただしく去っていく。

「まあっ」

お奈三はずらりと並んだ丸藤の品に目を輝かした。

「どうぞお手にとってくださいまし」

里久はお奈三にあれこれと簪を見せ、彦作が磨きあげた手鏡を掲げる。

その様子をそばで眺めながら、藤兵衛と金吾はぎこちなく言葉を交わす。

「急に来てすまなかったな。文の返事を書いてからだって言ったのに、こいつが早く行こうとせっつきやがるもんだから」

金吾はお奈三に顎をしゃくる。

「だって、お父っつぁんが返事を書くのを待っていたら、わたしはお婆ちゃんになっちゃうもの」

お奈三は銀の平打ち簪を髪に挿し、どうかしらと金吾に見せる。

「けっ、減らず口をたたきやがって」

「文の返事ってなんのことだい」

藤兵衛が怪訝な顔で金吾に問うた。

「ここの娘っ子と、番頭さんからの文だよ。預かったと弟のやつが持ってきてな。それが娘っ子のが傑作で。詫びやら、父親はこんなにすごいんだと自慢やら、あんなおもしれえ文をもらったのははじめてだ」

金吾が思い出して噴いている横で、番頭が、旦那さま、と両手をつく。

「出すぎた真似をいたしました。申し訳ございません」

「お父っつぁま、ごめんよう」

里久も勝手をしたことを藤兵衛に詫びた。

「あんな寂しそうな顔を、お父っつぁまにしてほしくなくて」

「泣かせるじゃねえか。仲直りしてほしい。藤兵衛が寂しがっているなんて書かれりゃあ、こっちだってやぶさかではないわな」

なに言ってるの、とお奈三が金吾の肩をやわらかくぶった。

「お父っつぁんだって同じじゃない。江戸での思い出話になったら最後はいつも決まって、藤兵衛に会えねえなんて寂しい寂しいいって」

「うるせえやい」

娘に強がりをばらされて、金吾は大いにふてくされる。しかし娘は頓着せず、

「ほら、あれを見せるんでしょ」

と父親をせっつく。

「あれって」

里久が問うのへ、お奈三は「喧嘩の元よ」と答えた。

「あっ、根付かい」

藤兵衛が金吾につっと膝をすすめた。

「いまも持っていてくれるのかい」

「当たり前だ」

金吾は羽織の裾をさばき、腰から煙草入れをはずした。己の手のひらに根付をころりと

「里久……」

転がす。根付は艶やかに飴色に光っていた。

「きれい」

里久は根付に目が釘づけだ。番頭もほう、と感嘆のため息をつく。

金吾はほれ、と藤兵衛の手のひらに転がした。

藤兵衛は根付に見入る。

「どこも欠けていない。大事に身につけてくれていたんだな。それにじつにいい色合いだよ。おまえの汗も涙もよろこびも悲しみも、みんなこの色の中にあるんだろう。金吾、いい歳月を送ったんだな」

藤兵衛は根付から目をあげ、金吾に大きな笑顔をむけた。

「藤兵衛……」

金吾は目をみるみる赤くし、膝頭を摑んでうなだれた。

「藤兵衛、すまん。あんときのおれを許してくれ。おまえがうらやましくてたまらなかったんだ。店や職人を守っているおまえが、家業から逃げて遊び呆けているおれとは大違いで眩しくてなあ。この根付を見せられたときだって、真実うれしいのに、誇らしげなおまえの顔を見ていたら悔しくてよ。どうにも素直になれなかった」

勘弁してくれ。金吾は洟をすすって頭をさげた。

わたしもだよと藤兵衛もうなだれる。

「おまえに褒めてもらえないのが悔しくて悲しくて、職人が腕を上げたのはおまえのおかげなのに、礼など言ってやるもんかってな」

改めて礼を言います、と藤兵衛も深く頭をさげる。

「長い長い意地の張り合いがやっと終わったのね」

お奈三がほっと胸をなでおろす。

「ほんとだねえ」

里久も同じだ。そんな娘たちに、大の男ふたりは情けなさそうに互いを見る。

「なぁ金吾、強情を張っていいことなんてひとつもないな」

「ああ、まったくだ」

笑い合うふたりに番頭が「ようございました」と安堵の涙を滲ませる。

軽やかな衣擦れの音がして、小座敷に須万があらわれた。

「まあまあ、金吾さん、ようお出でくださいました」

「こりゃあ須万さん。お久しぶりです。いやぁ、ますますおきれいになられて」

「相変わらずお口のうまいこと」

須万はおまえさま、と亭主を明るく呼ぶ。

「金吾さんや娘さんさえよろしければ、今夜はお泊まりいただいて、ゆっくりお酒を酌み交わされてはいかがでございます」

「おお、それはいいな。なあ金吾、ぜひそうしてくれ」

　里久も声を弾ませる。

「それならお奈三さんもゆっくりお品を選べるよ。桃にも見立てを手伝ってもらえるし。妹の桃はそりゃあ、見立て上手なんですよ」

「そうさせてもらいましょうよ、お父っつぁん」

　お奈三が甘えるように金吾の膝を揺する。

　金吾は降参するように手をあげた。

「わかったよ。じゃあ、そうさせてもらうか」

　やったあ、と娘ふたりは手をとり合う。

　その夜、丸藤の奥座敷では、料理屋の膳(ぜん)を囲んでのにぎやかな宴(うたげ)となった。

　藤兵衛はこれまで辿(たど)ってきた道をひととおり話し終え、おまえはやっぱり大したもんだと感心している金吾に、さあ、つぎはおまえの番だと話をむけた。

「行徳に行ってからのおまえの話を聞かせておくれ」

「おれの話といってもなあ」

　言いあぐねている金吾に代わって、「じゃあ、あたしが」と娘のお奈三が口を開く。

「お、おい、お奈三」

「いいじゃないの」

おっ母さんから聞いた話ですけどね、とはじめる。うんうん、と藤兵衛も須万も里久も桃も膝を乗り出す。

「おっ母さんも娘のころは塩田で働いていたんです。そのおっ母さんが言うには、行徳に来たころのお父っつぁんは、へっぽこで使いものにならなかったんですって」

仕事のきつさに何度も逃げ出すし、大人しくやってると思ったら、すぐ陽射しに参ってぶっ倒れるし、口だけは達者なもんだから喧嘩は絶えないし。

「ろくな男じゃなかったって」

「へ、へっぽこだってさ」

腹を抱えて笑う里久に、桃が笑いすぎよと袖を引く。その桃だって肩を震わせている。金吾はちぇっと拗ねるが、ほんとうのことだからなにも言い返せない。いまは立派な職人も形無しだ。

「塩づくりは過酷なんだな」

藤兵衛は、金吾の赤銅色の顔に友の苦労を偲ぶ。

「ああ、房総の海は遠浅でな。白い砂浜に見渡す限りに塩田が広がっていてよ」

金吾は遠い眼差しで語る。

そのあちこちに小屋があり、塩を煮詰めている煙が上る。

「浜の塩田を堤で囲ってな、そこへ溝をとおして海の水を流し込むって寸法よ」

海水は砂にしみ込み、その砂を鍬で集めて、また塩田に散らし、竹の棒で平らにする。これをくり返し、天日と風で乾いた砂は塩が濃くついている。この砂を笊に盛って桶に据え、上から塩水をかけてやると砂についた塩が溶け出し、さらに濃い塩水となって桶に溜まる。これを釜屋と呼ばれる小屋で煮詰めれば塩の出来上がりだ。

「鍬も竹の棒も屈んでする仕事だ。腰は痛いわ、腕は痛いわ。煮詰めるのだって、湯屋の風呂みたいな大きな土釜なんだぜ。火をどんどん焚いてよ。もう暑いのなんのって」

金吾は身ぶり手ぶりで説明する。

「塩をつくるのに、そんなに手間がかかっているだなんてねえ」

里久はちっとも知らなかった。

「これからは心して使うよ」

「おう、頼むぜ」

「お父っつぁんのつくる塩はおいしいのよ。しょっぱくて、苦くて、あとからほんのり甘くて」

「へっ、身内びいきだぜ」

「あら本当よ。叔父さんの店でも人気だもの」

お奈三は須万へ、こんど送りますと約束する。

「いまじゃあ、川村屋とは商い相手よ」

金吾は誇らしげだ。

楽しい刻（とき）は娘たちが布団を並べて寝てからもつづいた。

有明行灯（ありあけあんどん）の灯（あか）りのもと、お奈三を真ん中に娘たちは話に花を咲かせる。

お奈三の嫁ぎ先は同じ行徳にある塩問屋だという。

「とはいっても分家筋なのよ。嫁ぐのはそこの次男坊だから、さらに分家して新たに店を構えるの。店といってもすごく小さいのよ。主人自ら荷を担ぐようなね」

お奈三も店に立つという。

「だからほんとうは、嫁入り仕度はもっと倹（つま）しくていいの。丸藤さんのお品を誂えられるような身ではないのよ」

でもおっ母さんが、とお奈三は言った。

「お父っつぁんをこちらへ行かせるよい折なんじゃないかって」

母娘（ははこ）も、どうにかして金吾と藤兵衛の縁をふたたびつなげられないものかと思っていたのだという。

「お酒を呑むたびに泣かれてごらんなさいよ。まいっちゃうわ」

姉妹は夜着を口にあて、くすくす笑う。それにね、とお奈三はつづける。

「嫁にいってしまえば、お父っつぁんをなぐさめることもできなくなるし……」

でも母娘にいい案はない。どうしたもんかと悩んでいたところへの、里久からの文だったという。金吾はその文を何度も読み返すが、いつまでたっても返事を書こうとしない。金吾もまた長い歳月にたじろいでいたとお奈三は話す。そこで母娘はこんどはこっちから動く番だと、嫁入り仕度に簪を丸藤で誂えることを企てた。

「おっ母さんたら、お奈三はれきとしたお店のご新造さんになるんだ、へたなものを身につけさせられない。おまえさんも商家の生まれならわかるだろう、連れていってやれって」

金吾の女房は亭主の尻をたたいた。

里久にはその情景が見えるようだ。

「さすがだね、おじさんをへっぽこ呼ばわりするだけのことはあるよ。強いもんだ」

「またもう姉さんたら」

お奈三は姉妹にほほ笑み、身を起こして布団から退いて両手をついた。

「心のこもったお文をいただきましたこと、感謝しております。おかげさまで嫁にゆく前に、父をこちらへ連れてくることができました。どうぞまた昔のようにお付き合いくださいませ」

お奈三は深々と辞儀をする。姉妹はあわてて起き上がり、すぐさま両手をつく。

「こちらこそ、どうぞよろしくお願いします」

奥座敷ではまだ大人たちが酒を酌み交わしているようで、藤兵衛と金吾の子どものような笑い声が聞こえる。

「まったく無邪気なもんだよね、お奈三さんにこんなに心配させて」

「それを言うなら里久さんたちだって」

「ご褒美ぐらい欲しいもんだよ」

「まったくよね」

里久とお奈三がうなずき合っていたら、

「ねえ、わたしいいこと思いついちゃった」

桃が二重の大きな目を細めた。ふたりにひそひそと話す。

「桃、それいいね」

でも……とお奈三は困惑気味だ。

「大丈夫だよ。お奈三さんのおっ母さんの手でいこう。まかせて」

里久はにんまりだ。

翌日の店の小座敷である。

「おいおい冗談じゃねえぞ。ここの品は格別だ。いくらすると思ってやがる」

お奈三の前にずらりと並べた簪に櫛も加わったのを見て、金吾は二日酔いで青い顔をさらに青くした。さあ、里久の出番だ。

「でもさ、おじさん。お奈三さんたちご夫婦は分家して、新たに店を構えるって聞いたよ。そうなればお奈三さんはお店のご新造さまだ。簪だけじゃなくって、櫛だって誂えたほうがいいと思うよ」

「だがな、丸藤の櫛ってなあ、そんじょそこらの――」

里久は小難しい顔をして首をふる。

「おじさん、新しく出来たお店のご新造さまがいい櫛を挿していてごらんよ。おっ、ここは内証がいい、信用できるな、って思ってもらえるよ。単に嫁入りの仕度だけじゃない、お奈三さんたちのこれからの店のためでもあるんだよ」

金吾はぐっと詰まる。

「お奈三さん、これなんていかがかしら」

桃がお奈三に淡い銀漆の地に螺鈿で撫子の意匠の櫛を見せ、髪に挿す。

「ほら、どこから見ても立派なご新造さまですわ」

「ご新造さまだなんて」

お奈三は照れて「きゃっ」と袂で顔を隠す。

「なにがきゃっ、だ」

金吾は恨めしげに藤兵衛を睨んだ。

「おい藤兵衛、娘たちを商売上手に育てるのもたいがいにしろよな」

藤兵衛は呵々大笑だ。

「観念しろ、わたしらは娘たちにはかなわんよ。それぐらいのことをしてもらったんだからな」

藤兵衛はお奈三にすすみ出る。

「お奈三さん、櫛は伊勢町のおじさんからお祝いに贈らせてもらうよ」

金吾もしょうがねえなあ、と頭を掻く。

「女房にもひとつ買ってゆくとするか」

「お父っつぁん……。うん、おっ母さん、泣いてよろこぶよ」

小座敷はそれからしばらく娘たちのにぎやかな声に包まれ、金吾とお奈三がいとまを告げ、里久たち丸藤のみんなで店先まで送りに出たときには、親子の腕には抱えきれぬほどの品があった。お奈三は桃が見立てた櫛と、赤い珊瑚(さんご)の玉簪を選んだ。金吾が女房に選んだのは、松葉を模(かたど)ったすっきりとした銀の平打ち簪だ。

「おばさまにまでお祝いのお品をいただいて」

須万は紅やら白粉(おしろい)やら、化粧の品の一式をお奈三に持たせた。

恐縮するお奈三に、須万は幸せになっておくれと告げる。

「うちの娘たちにお嫁さんになりたいって、思わせてやってちょうだいな」

里久と桃は顔を見合わせ、首をすくめる。そんな姉妹にお奈三は心からの礼を言う。

「ほんとうにありがとう。いつかきっと行徳に遊びに来てね。名物のおいしいうどんがあるの。ごちそうするわ」

「桃、うどんだって！」

里久はぴょんと跳ね、ついで桃もぴょんと跳ねた。須万が娘たちを「これ」と叱る。

「こりゃあ、色気より食い気だな。花嫁御寮はまだまだ先だ」

金吾が愉快に笑う。

「藤兵衛、おまえも来てくれ。こんどは行徳で呑み明かそう」

「ああ、必ず行くよ。おまえが塩をつくる姿も見てみたいからな」

じゃあ、と親子は別れを告げた。丸藤から去ってゆく。

里久は藤兵衛を見上げた。

「お父っつぁま、寂しいかい」

昨夜お奈三に教えてもらった。行徳に行くには船で大川、小名木川、中川、新川とすすんでゆく。塩田があるのはさらに先だ。また離ればなれになる。

「そりゃあ寂しいさ。でもいままでとは違う。これからは会いたければ会えるんだからな」

藤兵衛の表情は晴れやかだ。

「ほら、お父っつぁま、姉さん」

桃の声に道の先に目を戻せば、金吾とお奈三が手をふっていた。

須万と桃は手をふり返す。

里久もふたりに大きく手をふる。

「きっと遊びに行くからねえー」

別々に流れていた刻がまた重なり合う。誰がたたいているのか、ふたたび結ばれた絆（きずな）をよろこぶように、かんかん太鼓の音が伊勢町に響いていた。

第三章　雛のころ

桜の花がちらほら咲きはじめた二月の末、江戸のあちこちで雛市(ひないち)が立つ。

とりわけにぎやかなのは日本橋(にほんばし)の伊勢町に近い十軒店(じっけんだな)だ。里久は店に飾るお雛様を見つくろうため、妹の桃と一緒にこの雛市に来ていた。

――店で雛の節句を祝えないかなぁ。

そう里久が言ったのが発端だった。雛の節句は女の祭り。女客が大半をしめる「丸藤」でも祝えないかと思ったのだ。

――毎年、店でも白酒(しろざけ)を振る舞っておりますが。

番頭は言うが、それだけではどうも物足りない。もっとこう、うきうきしなきゃ。

里久は店座敷を見回した。

――やっぱりお雛様を飾らないとね。

雛飾りなら家には立派なお雛様がふたつある。里久のと、桃のだ。すでに奥座敷に飾ってある。どちらか店へと思ったのだが、話を聞いていた手代頭（てだいがしら）の惣介が、

——ここには少し大きすぎやしませんか。なんせ幅をとりますし。

と計るように両の腕を広げた。

そうだねえと番頭も思案顔だ。

——せっかくお雛様を飾っても、商いのじゃまになってはいけませんし。ではどうでしょう。雛市もございますし、そこで手ごろなものを探してみては。

里久はぱんっと手をうった。

——雛市！　そりゃあいいね。

というあらましなのだ。しかし市に来てみて驚いた。

「ここはたしか煙草屋（タバコや）で、あっちは足袋（たび）屋じゃなかったかい」

それがどちらも雛屋に様変わりしている。

そんな店はここだけじゃなく、ここらの商家がみな雛屋と化していた。

きょろきょろあたりを見回す里久に、

「市が立つ間だけ店ごと雛売りに賃貸しするんですよ」

と、供についてきた手代の吉蔵が教える。

だがそればかりではない。広い大路の真ん中にも中店と呼ばれる仮屋の店が二列出来て

いて、両側の商家の俄雛（にわか）屋と合わせて都合四列、町全体が雛屋となっていた。人出もすごく、売り手と買い手が入り乱れ、押し合いへし合いのひどい混みようだ。里久たちもさっきからもみくちゃにされながら雛飾りを探し求めて歩いていた。番頭が人混みに紛れて掏摸（すり）もいるから物騒だと、供を長吉ではなく吉蔵にしたのもうなずける。

「お嬢さん、大丈夫でございますか」

吉蔵がすぐ横の桃に声をかけた。

人のにぎわうところが苦手な桃は、すでにぐったりしている。

「だからついてこなくてもいいって言ったのに」

里久は離ればなれにならぬよう妹の手をとる。

「だめよ。姉さんに任せたら大きなものを買うに決まっているんだから」

吉蔵は違いないと苦笑する。

そんなことないさ、とは里久も言い返せない。だって周りにはそりゃあ心ひかれる雛人形が文字どおり、所狭しと並んでいるんだから。木箱に収まり積み上げられて飾ってあるさまは、まさに人形の壁といったところだ。その木箱を担（かつ）いで持って帰るのだから、買った者たちの間でぶち当たっただの当たらないのと、あちこちで小競り合いが起きている。

「おう、喧嘩（けんか）はどこだどこだあ」と土地の親分さんと子分が忙（せわ）しげに駆けずり回っている。

こりゃあ早く決めて帰らないと桃が倒れてしまうよ。

その桃が「姉さん」と里久の握っている手を引いた。

「さっきのなんてどうかしら」

桃はとおり過ぎた道を振り返る。指をさした先に、こぢんまりとした雛屋があった。

「のぞいてみようか」

店に足を踏み入れたとたん、ふっと薬の匂いがした。元はどうやら薬種問屋みたいだ。

壁には薬箪笥が据えられているのだろうが、いまはずらりと並んだ人形で見えない。

扱っている人形はそう大きくも小さくもなく、ちょうど両手にのるほどだ。まとっている錦の衣装も道々で眺めてきたような派手なものではなく、色味を抑えた落ち着いたものだ。お内裏様のお顔は、どちらもふっくらとして優しげである。

「上品でしょう」

「いいね、これにしようか。五人囃子もここで揃えよう」

腕を広げて計っていた吉蔵も、これならと賛成する。店の者とかけ合ってくれ、丸藤まで届けてもらうよう手はずを整えてくれた。

「あとは緋毛氈に屏風、それに雛壇でございますね」

それぞれに扱う店があり、里久たちはまた人混みのなかへと繰り出した。

すべて買い求め、やっと雛市の町から抜け出せたときには、もうへとへとだった。

「桃も吉蔵もありがとう。疲れただろう」

里久がふたりをねぎらっていると、横合いの道から娘がふたり出てきた。供の女中を従え、小走りで去っていく。その娘たちを見て、桃が「あら、あれは」とつぶやいた。

「知っている娘さんたちかい」

里久には見知らぬふたりだった。

桃はふたりを目で追って、ええ、と答える。

「新しいお茶のお師匠さんのところで一緒の娘たちよ」

桃は前に習っていたところをやめ、今年のはじめから別の師匠の許で稽古を再開していた。

「桃のお稽古仲間ってことかい。それにしてもなんだか急いでいるようだね」

「あの方たち、たくさん習い事をなさっているのよ」

今日はたしか小唄のお稽古の日だという。

ふたりの姿はもうずんと遠くである。

「ずいぶん年下にみえたけど」

里久たちも丸藤へ歩きだした。桃はふたりとも十五だと教える。桃とひとつ違い。里久とは三つ違う。

「へえー、まだ遊びたい年頃だろうに大変だねえ」

「姉さんみたいに、なにもしてないひとのほうが珍しいわよ」

呆れる妹に里久はへへっと笑ってみせる。

姉さん、と桃が改まった声で里久を呼んだ。

「姉さんもわたしと一緒にお茶のお稽古に通ってみない？」

「嫌だよ。知ってるだろ、正座が苦手だって」

それに里久は習い事というものに懲りていた。とくに、お茶と聞くだけで胸が重くなる。

「大丈夫よ。前にも話したけど、こんどのお師匠さんは優しくて穏やかで、堅苦しくもないのよ。姉さんだってきっと気に入るわ」

ねっ、一緒に通いましょうよとしきりとすすめる桃に、里久は太い眉を思いっきりさげる。と、天のたすけのように丸藤の店先にいた長吉が里久たちを見つけ、手をふった。

「おかえりなさいましぃ。白酒が届きましたよう」

荷車がとまっていて、「山川」と銘柄がある菰樽が運びこまれていた。

「おっ、準備万端だね」

さあ急ごう。里久は駆けた。背後で桃の大きなため息と、吉蔵の忍び笑いが聞こえた。

雛屋が約束のとおり人形を持ってきてくれ、里久と奉公人たちは大戸を下ろしてからさっそく雛人形を飾った。店座敷の真ん中に雛壇を拵え、緋毛氈を敷き、男雛と女雛、五人囃子を飾ってゆく。

「おや、下段に飾る雛道具がございませんが」

長持ちや、駕籠だ。忘れてしまったのかとたずねる番頭に、里久はにっと笑った。

「そこにはこれを飾ろうと思ってね」

紅猪口だろう。それに白粉。簪に櫛に、と里久は丸藤の品を並べてゆく。

見ていた番頭がほうっと感心した。

「お雛様の化粧や身を飾るものは丸藤の品ってわけですね。考えましたな」

様子を見にやってきた藤兵衛に、番頭は「旦那さまごらんくださいませ」と正面から退いた。手代頭に百目蠟燭の灯をもうひとつつけさせる。

「ほう、雛人形も小間物も互いによく引き立っているねえ」

藤兵衛はよい人形を選んだと里久を褒めた。

「桃の見立てだよ」

そこへ吉蔵と長吉が、桃お嬢さんとご新造さまに活けていただきましたと言って、竹の寸胴に入った桃と山吹の花を雛壇の両側に置いた。いくつもの蠟燭の灯りに照らされた雛飾りを、みなは満足そうに眺めた。

翌日、丸藤を訪れた客たちは店の雛飾りに目を細め、白酒の振る舞いに顔をほころばせた。

鏡を磨いてもらいにやってきた女中たちも食い入るように眺める。女子のお祭りだからと手のひらに霰の包みをのせてもらうと、頰を火照らせてよろこんだ。

三月三日の雛の節句は、丸藤の奥でも桃の友達を招いての祝いが催された。

「今日は店のほうはよろしゅうございますから、お嬢さんも楽しんでらっしゃいませ」

そう番頭に言ってもらって、里久も娘たちとの祝いの宴に混ざった。

奥座敷の幅いっぱいに姉妹それぞれの雛人形が並んで飾られているさまは圧巻だ。どちらも三段飾りの御殿雛だ。雛壇の上段には紫宸殿を模した館に、内裏雛が鎮座する。中段には五人囃子が、下段には貝桶、銚子などの雛道具が置かれ、両脇には桜や桃、山吹の花が活けられている。雛壇の前には菱餅や蛤、白酒の角樽が賑々しく供えられている。きれいねえ、と眺める娘たちはお雛様に負けず劣らず、みないつにもまして華やかな装いだ。里久たちは祝い膳に舌鼓をうち、貝合わせに興じた。合った、違ったとみんなで歓声をあげる。

「ああ、また違ったわ」

王朝絵巻が描かれた貝を手に悔しがる醤油酢問屋の娘のお千代が、くすくす笑いだした。

「やだわ。なぁに」

貝を選んでいた米問屋の娘のお絹が、怪訝な目をお千代にむけた。

「ごめんなさい、去年のお節句の里久お姉さまを思い出したものだから」

そういえば里久の披露目も雛の節句だったと、みんなは懐かしがった。

「お姉さまったら振袖や広帯にぐったりで、おまけに紅が気持ち悪いってすぐに落としておしまいになって。それがいまじゃあ、どこから見ても大店のお嬢さんですわ」

お絹は里久をしみじみ見る。

今日の里久は花浅葱の地に松葉小紋。曙色に松皮菱の帯という装いだ。ほんのり紅もさしている。お似合いよと褒められて、里久は大いに照れた。

「姉さんもこの一年、ずいぶんがんばったものね」

桃は薄黄の地に花散らし、銀朱に鶴丸花菱の帯の装いで、今日も伊勢町小町の微笑だ。

「ほんとよ。すっかり商い上手にもなられて。お店の雛飾りもお姉さまの案なんですってね」

大したものだとお千代は感心する。

「丸藤の品を飾るだなんて考えたものですわ。わたしもお雛様のように、よいご縁にあやかれますようにって、つい買ってしまいましたもの」

お千代は袂からつやつや花白粉をのぞかせる。わたしもよ、とお絹が見せ、あら、わたしも、とお園まで丸藤の品を取り出す。それを見て、

「お園さんは祝言が決まっていらっしゃるじゃない」

と娘たちはかしましい。

お園が室町の菓子問屋に輿入れするのは、今年の秋と決まっていた。

「いいじゃない。あやかれるものはなんでもあやかっておくものよ」

ちゃっかりしているお園に、里久はそうと相槌をうち、

「どちらさまもありがとうございます。今後ともご贔屓に」

と大げさに手をついて頭をさげる。まあ、お姉さまったら、と娘たちの笑いが弾けた。

「ところで桃さん、今度のお師匠さんはいかが」

かしましい娘たちの話題は、桃の新しいお茶の師匠へとうつった。

「お師匠になられてまだ日が浅いお方でございましょう」

「武家の出のお方だって聞きましたわ」

「ええ、気難しい三十路の出戻りだって」

離縁して里に戻っていたが、一年ほど前からお茶の師匠を生業に、ひとりで暮らしている。どこから聞いてきたのか、娘たちはよく事情を知っていた。

「とってもいいお師匠さんですわ」

桃は噂話をさらりと流す。

身を乗り出して聞いていた娘たちは、あらそうなの、とちょっと拍子抜けだ。

「気難しいどころか、大らかで、威張らないおひとよ」

いいわねえ、とお園がことのほかうらやましがった。

「いまだに元の教え子の悪口を言いふらすお師匠さんより、うんといいわ」

前に通っていたお茶の師匠は、静江という五十過ぎのやけに声が甲高い女だった。この静江の仲立ちで縁談の運びとなったのだが、桃のほうから断わってしまった経緯がある。それが原因で桃は稽古をやめたのだが、静江はいまだに怒りがおさまらないらしい。

「あのお師匠さん、まだそんなことを言ってるのかい」

かわいい妹をと里久はむっと顔をしかめる。が、当の桃はへっちゃらのようで、だったらこっちのお稽古に通ってきなさいよとお園を誘った。

「そうだわ、ねえ、みんなでこっちに移ってらっしゃいな」

桃はほかの娘たちも誘う。

「そりゃあ、移れるものなら移りたいけど……」

娘たちは驚き、そして困惑した。

「親が許してくれないわよ。それに、そんなこととしてごらんなさい」

桃がさらになにを言われるか知れたものではないと言う。

「お姉さまはお習いにならないの？」

お園はそんなにいいお師匠さんなら里久も習えばいいのにと言った。

「わたしもさんざん誘っているのよ」

桃はやさしげな眉をさげる。

里久は「だめだめ」と手をふる。

どうしてとたずねられたとき、女中の民が座敷に顔を出した。

「お嬢さん方、桜餅はいかがでございます」

大きな器に、三枚の葉で包まれた桜餅が山と盛られていた。

「おっ、おいしそうだ」

待ちきれず立ち上がろうとした里久だったが、畳につんのめってしまった。

「うう、足がしびれちゃったよう」

「まだ正座は苦手ですのね」

「だからお茶のお稽古なんてどだい無理なんだよ」

娘たちはくすくす笑い、里久はへへっと頭を掻く。

そんな姉を桃がせつなそうに見つめていた。


雛の節句が過ぎれば世間の関心事は花見へと移る。それに加えて春は唄や踊りのおさらい会があり、丸藤はそのときに挿す櫛や簪を買い求める客で連日にぎわっていた。

昼近くに丸藤の暖簾をくぐったふたり連れの娘たちもまた、そんな客のうちのひと組なのだろうと里久は思っていた。どちらも三味線を抱えているから稽古帰りのようだ。仕立てのよい小袖を着ていて、裕福な町家の娘というのがうかがい知れる。

娘たちは店内へ視線をさ迷わせていたが、里久を見るや一目散にこちらへやってきた。

「あなたが里久さん」

娘のひとりが強い眼差しで里久に問う。手入れされた弓張り月のような眉が意志の強さをあらわしているようだ。里久は気圧されながらも「はい」と返事をし、

「よ、ようお出でくださいました」

と番頭仕込みの挨拶で娘たちを迎えた。

「あの、わたしたちお客じゃないの」

娘はごめんなさいと謝り、栄と名乗った。日本橋は北鞘町にある料理茶屋「松風」の娘だという。

「こちらは智絵さんとおっしゃるの」

お栄はもうひとりの娘を紹介する。お栄の背に隠れるように立っていた娘は、小さく辞儀をした。こちらは大人しい性質のようだ。智絵は一石橋を渡った呉服町にある置屋の娘という。両方の母親が従姉妹同士で、ふたりも姉妹のように育ったと、お栄は里久にはきはきと話す。

「あの、ではどのような……」

ご用でと言いかけた里久だったが、ふたりの顔にどこか見覚えがあった。

はて、どこで会ったんだっけ。記憶を辿っていくうち、里久は雛市の帰りに目にした娘たちを思い出した。あのときの。たしか桃がお茶の稽古仲間だと教えてくれた。

そのことを話すと、ふたりは緊張の面差しをほっとゆるめた。

「わたしたちをご存じなら話は早いわ。じつは、今日は里久さんにお願いがあってやってきましたの」

「お願い？」

なんだか長くなりそうで、里久はちらりと帳場格子の番頭に目をやった。番頭は上がっておもらいになられませ、と手で小座敷を示した。

「お忙しいのにお手間を取らせてごめんなさい」

座敷に落ち着いたお栄と智絵は、里久に詫びた。さすが商売家の娘である。気遣いは忘れない。振る舞い茶を運んできた長吉が座敷から出てゆくと、里久は口火を切った。

「それでわたしにお願い事って」

お栄はひとつうなずき、膝をにじり寄せてきた。

「わたしたち、里久さんにお茶のお稽古仲間になってもらえないかと頼みに来ましたの」

またお茶か。里久はげんなりした。

「……せっかく来てもらったのに悪いけど」

里久はほかを当たってくれとやんわり断わりを言った。

しかしお栄たちは当たっているのだと食いさがる。

「でもなかなか集まらなくって」

「どうしてそんなに弟子を集めたいのさ」

つい砕けた物言いになってしまったが、断わりたい一心の里久に気にしている余裕はない。

「わたしたち、とっても忙しいのよ」

お栄は、とっても、のところに力を込め、ため息をついた。

「小唄にお花にお琴、それに三味線でしょう」

傍(かたわ)らに置いた三味線をぽんとたたく。

「そんなに習っているのかい」

桃からたくさん習い事をしていると聞いてはいたが、これほどとは思わなかった。

「智絵ちゃんなんて将来お座敷に出なきゃいけないからもっとよ」

ほかに踊りでしょ、鼓でしょ、とお栄はつづける。

里久は聞いているだけで目が回りそうだ。

「大丈夫なのかい」

桃は、ふたりはまだ十五だと言っていた。里久は娘たちの体を心配する。

「疲れすぎて寝込んでしまうこともあるほどよ」

そりゃそうだろう。だが里久に疑問がわく。

「でもさ、それとわたしが弟子になるのと、どう関わりがあるんだい」

里久にはさっぱりわからない。

「いまのお稽古場は通うのに都合がいいの」

楽なのよとお栄は言った。

「でもこのまま弟子が集まらなきゃ、きっとなくなってしまうわ。それは困るの」

「困ると言われてもねぇ……」

里久のほうが困ってしまう。

それまで横で黙っていた智絵が、見かねたように「それだけじゃないのよ」と口をはさんだ。

「もう、お栄ちゃんたら強がりばかり言って。そりゃあ、家から近くて助かっているのはほんとうよ。だけど、わたしたちはお師匠さんが好きなの。そばにいるとほっとするの。だからお稽古場をなくしたくないのよ」

智絵は桃も想(おも)いは一緒だと告げる。

「お姉さんやお友達を誘ってみると言ってくれたのだけど」

里久は商いに忙しく、友達は前のお師匠と自分との板ばさみになるから強く誘えないと言っていたと話した。

里久は合点がいった。

だから桃はわたしや、雛の節句のときはみんなまで誘っていたんだね。

「それで、いまお弟子は何人いるんだい」

「……三人なの」

智絵が言って、ふたりはうつむいた。

「えっ、桃を入れてたったの三人ということかい」

里久は驚いてしまった。そりゃあ、なくならないか心配にもなる。

「みんながこんなに案じていることを、お師匠さんは知っていなさるのかい」

当のお師匠さんはどう思っているのだろう。

「お師匠さんだって、なんとかしたいと思っていらっしゃるわ」

——そうねえ、いつまでも三人のままじゃあ、お栄さんたちも寂しいわよね。わたくしだって、ひとりになって早二年。いつまでも実家の助けを借りてばかりはいられないし、しっかりしなきゃね。どうすればお弟子さんたちを増やせるのかしら。

「でも、そのうち考えてみるわとおっしゃるばかりで」

それでは遅いとお栄はやきもきする。

「武家の出の方だからきっとお商売には疎(うと)いのよ」

智絵は師匠を庇(かば)う。

だからわたしたちがなんとかしないと、と娘たちはなんともけなげだ。

「里久お姉さま、お願い。お弟子になって」

ふたりの潤んだ瞳に見つめられ、里久は大いに弱ってしまった。

里久だって、そりゃあできることなら力になりたい。お姉さまと呼ばれれば、「よし、わかったよ」と胸のひとつもぽんっ、とたたいてやりたい。

なのにどうしてお茶なんだよう。

里久はしびれはじめた足をそっとさすり、どう言って断わろうかと頭を悩ませる。

正座が苦手なんだ。はじめて会った、それも年下の娘たちに「だからごめんよ」だなんていくら里久でも恥ずかしくて言えやしない。それで里久は桃の断わりの理由を拝借した。

「妹が言ったように、わたしは店に出ているだろ。なにかと忙しくってねえ」

四苦八苦と言葉を口にする里久に、だからなおのこと習ったほうがいいとお栄は告げる。

「わたしたちだって、ほかの娘たちのように単に行儀作法だけで習っているわけじゃないわ。商いに関わってくるからよ」

お武家や大店の主人や内儀は、みな茶道を好む。趣味として、また交友の道具として茶に親しんでいる。これらの者たちを客に迎える側にとって、茶の作法は欠かせない。

「里久お姉さまだってきっとそう。困ることだってそのうち出てくるんじゃないかしら」

そうよね、と智絵もうなずく。

「ないない」

里久は手をふった。振る舞い茶を客には出すが、なにもここで茶会をひらくわけではないのだ。

またお栄がなにか言いかけたとき、店表から「お出でなさいませえ」と奉公人の客を迎える声がした。

「もういいかい」

里久の心は痛んだが、話をおしまいにするために腰を浮かせた。

ふたりは寄り添って帰っていく。そのうしろ姿に、里久は「ごめんよ」と小さく詫びた。

お栄と智絵が来たことは桃にも話した。断わったと告げ、里久は桃にもごめんよと謝った。いいのよ、と桃は首をふる。

「でも、姉さんを誘ったのは人集めのためだけじゃないのよ。姉さんに楽しいお稽古もあるって知ってほしかったから。こんどのお師匠さんならそれが叶うと思ったから」

桃はやさしく姉に微笑んだ。

それから幾日か過ぎた、ある日のこと。

里久は番頭に呼ばれて店の小座敷に座っていた。そろそろ夕方を迎えるころで、薄暗くなった部屋に、今朝、床の間に活けた桜が白く浮かんでいるように見えた。

番頭が襖を閉め、しょんぼり肩を落とす里久の前へ座った。

「客あしらいの不味さを責めるつもりはございません。そのことは、ご自身でよくおわかりかと思いますので」

番頭の声音はいつもと変わらない。でも上目づかいでちらと見る表情は厳しいものだった。

ほんの半刻（一時間）ほど前のことである。

糸問屋の内儀が注文していた紙入れを取りにやってきて、里久が相手をした。

紙入れは羅紗に菖蒲の刺繍が施されていて、その出来栄えに内儀はたいそう満足したようだった。振る舞い茶で喉を潤しながら、今度のお茶会にさっそくおろそうかしらと嬉々とし、そのつながりで数日前に招かれた茶会の話となった。

——大勢をお招きしてのお茶会でございましてね。

寺を貸しきっての茶会で、庭の桜がそれは見事だったという。

——風が吹くたびに桜がぱあっと舞い散って雪のようで。もう怖いぐらい綺麗でございましたよ。その席であなた、わたしが正客をつとめたんでございますの。

庭の話に、へえ、ほう、と相槌をうっていた里久だったが、桜の美しさはわかっても、正客という言葉にはぴんとこなかった。それでも熱心に内儀の話に耳を傾けて聞いていたのだが、ただ相槌をうつだけの里久に、自慢げに胸をそらしていた内儀が拍子抜けしたようにむっと押し黙った。その態度にしまったと思っても、なにをどう言いつくろえばよいのか、里久にはとんとわからない。これはいけないと思った番頭がすぐに帳場から出てきて、「なんと、正客でございますか」とさりげなくも大げさに驚き、話に入ってきた。

——それはそれは、気苦労も多うございましたでしょう。しかしお内儀さまが正客をおつとめあそばせば、茶席の亭主との会話も弾んだことでございましょう。なによりほかの客人の方々も、さぞや心強うございましたでしょうに。

番頭は正客がいちばん上座にすわる客であることや、つとめるのがどんなに誉れで、しかも大変であるか里久に説いた。

——季節に応じて亭主が吟味した趣向を、ていねいに感じとらねばなりません。それにはたくさんのことを知っていないといけません。容易にできることではないのでございます。

——いえいえ、あなた、それは褒めすぎというものですよ。

さっきまでの不機嫌はどこへやら。内儀はおほほと笑い、また話に花を咲かせ、満足して帰っていった。

小座敷の番頭がお嬢さんと里久を呼ぶ。

「正客がどのようなものか知らなければ、その気苦労も誉れもわからないものです」

戸惑われたでしょうと番頭は里久をなぐさめる。

「しかしお客さまのうれしいことや、誇りに思ってらっしゃることとは、ご一緒によろこびたいものでございます。お客さまとのお話の中からお気持ちを汲みとる。これはお相手をする者にとって、いいえ、丸藤が大切にしていることのひとつでございます」

里久もいままでお客の気持ちには心を砕いてきたつもりだ。

でも知らない世界の話から汲みとるなんて難しい。

「どうすればいいんだろう」

番頭は、その知らないことを知ることからはじめればいいと答えた。

「こたびなら、お茶のお稽古をなさるとか」

太い眉をさげる里久に、そんなにお嫌でございますか、と番頭の眉もまたさがる。

「通えとは申しません。ときどき見物なさるだけでもいいのですよ。お茶に詳しくならなくても、実際に接することでいろいろ知りもし、感じることもございましょうから」

そう、感じることが大事なのでございます。番頭は己の言葉に大きくうなずく。

「店に立つ者にとって、やって無駄なことはひとつもございません」

座敷にひとりになった里久は、あの日にお栄から言われたことを思い出していた。

——里久お姉さまだってきっとそう。困ることだってそのうち出てくるんじゃないかしら。

困ることとって、こういうことだったんだ。年下の娘たちはそれをよく知っていた。

あのとき「ないない」と手をふっていた自分の呑気さに、里久はつくづく呆れてしまう。

——そんなにお嫌でございますか。

さっきの番頭の声はまだ耳に鮮明だ。

ああ、嫌だよ。里久は少ししびれた足をさする。重くなる胸からため息がこぼれる。

でも……嫌だと逃げてばかりじゃね。

感じるだけでも——か。それならわたしにもできるかもしれない。

「一歩、足を踏み出してみようか」

里久は「えいやっ」とかけ声とともに立ち上がった。


その日の夕餉の席である。

里久はお茶のお稽古に連れていってくれるよう桃に頼んだ。

「ほんとう、姉さん！」

桃は顔をぱあっと輝かせる。

両親は大いに驚いた。今宵は蛤の小鍋仕立てで、父の藤兵衛など鍋から摘んだ貝を膝へ落としてしまい、熱い思いをしたほどだ。

「里久、いったいどうしたんだい」

「そんなに驚かなくっても」

里久はちょっと拗ねてみたが、すぐに今日のお客とのやりとりを正直に話し、番頭から言われたことも告げた。

「うちの番頭さんはいいことを言うねえ」

藤兵衛はさすがだと感じ入り、母の須万もぜひ行ってらっしゃいとよろこんだ。

「あくまで見物だからね」

そうさ、気楽に行けばいいんだ。そう思っても、里久はやっぱり緊張した。

店に出ていても、ついそのことで頭がいっぱいになり、気づけば「はあぁ」と重いため息をもらしてばかりだ。

「ほらまた、ため息ついてる」

洗い粉を買いに来たお豊が、これで三度めだと指摘する。

お豊は飾り職人の清七が以前世話になっていた親方の娘である。去年の酉の市ではじめて会ってから、ときどきこうして店に来てくれるようになった。

「お稽古のことを考えると出てくるんだよう」

お豊の前だとつい言葉も普段づかいに戻ってしまう。

「正座が苦手なんですってね。足がすぐにしびれるんでしょう」

お豊は振る舞い茶を運んできた長吉とくすくす笑う。

「長吉、おまえ話したね」

ぎゅっと里久に睨まれて、長吉はひゃっと首をすくめて逃げてゆく。

「まったくおしゃべりなんだから」

ぷんぷん怒る里久を、お豊は「まあまあ」となだめる。

「お客のため、ひいてはこの店のために苦手なことをしようっていうんだから、えらいじゃない」

お豊は、これも小僧さんから聞いたと感心する。

いつも手厳しいお豊に褒められて、素直にうれしい里久である。

「そうだ、お豊さんも一緒に行かないかい」

お豊が行ってくれたら心丈夫というものだ。

しかし、えらいと言っておきながら、あたしはそんなに暇じゃないの、とお豊は茶を飲み干して土間に立った。里久に洗い粉のお代を渡し、

「これ、もらっていくわね」

と、おまけの糠袋(ぬかぶくろ)を摘んで、下駄(げた)の音も軽やかに店からそそくさと出ていってしまった。

第四章　野点

「お師匠さんがいつでもいらっしゃいって」

快く承知してくれたと桃から知らされ、里久の見物はつぎの稽古の日となった。

この日のお供は長吉がついてきた。足がしびれたらどうしようと不安がる里久に、長吉はまじないを教える。

「いいですか、指で唾を額に三回つけるんです。こうするとしびれが取れるんですよ」

指をぺろりと舐め、額につけてみせる。

「そんなのがほんとうに効くのかい。怪しいもんだ」

胡散臭そうに聞いている里久に、桃は苦笑する。

お師匠さんの住まいは、日本橋川沿いの北鞘町河岸近くにあった。あたりは廻船問屋や両替商などの大店が建ち並び、接待に使われるのだろう、料理茶屋も多かった。

お師匠さんの家は仕舞屋で、お栄の料理茶屋「松風」の裏手にあった。近いというだけのことはある。表通りの喧騒が届かない静かな場所だ。

「また終わったころにお迎えにまいります。お嬢さん、がんばって」

長吉が陽気に「丸藤」へ帰ってゆく。恨めしげに見送る里久に、「そんな顔しないの」と桃がささやいた。

「長吉ったら、姉さんのために足がしびれない方法をきいて回っていたのよ」

中腰や足の親指を曲げることは、里久も客に出ているときにやっている。そのほかにないか、近所の奉公人仲間にたずね歩いていたという。

「おまじないは蠟燭問屋のご隠居さんに教えてもらったんですって」

姉さんのこと心配しているのよ。長吉のうしろ姿に桃はふふっと笑う。

「わたしだってそうよ。正座が苦手なこともお師匠さんにはちゃんと伝えてあるわ。だから安心して」

里久はふたりの思いに胸が熱くなる。

「姉さん、いいかしら」

里久がうなずいたのを見て、桃は玄関の格子戸を開けて訪いを入れた。

軽やかな足音がふたつ、乱れながら近づいてきた。

「お姉さま、いらっしゃい」

お栄があらわれ、ついで智絵があらわれた。よく来てくれたと手をとる。

「この前はごめんよう」

里久は店でつれなくした詫びを入れる。そして今日はあくまで見物なんだよと念を押す。それでもうれしいとふたりの娘はよろこぶ。

「まあまあ、にぎやかですこと」

衣擦れとともにあらわれたのは、地味な着物に小さく結った髪に塗りの櫛を一枚挿した、慎ましやかな身なりの女だった。隙のない身拵えから桃の友達が噂していたように、武家の出の女であることがわかる。

里久はいそいで辞儀をした。

「桃の姉の里久にございます。今日はよろしくお願いいたします」

「そんなに固くならないで。ようお出でくださいました。お栄さんも智絵さんも、さっきからお待ちだったのですよ」

お師匠さんは和野と名乗った。色白で頬はふっくらとしていて、目を細めてほほ笑む面立ちは、どこか店に飾ったお雛様を思い起こさせた。口調もゆったりとし、ほんわかとした印象を与えた。

ささ、こちらへどうぞと案内され、里久はお栄と智絵に手をとられながら奥へすすんだ。廊下を曲がると左手に庭があった。枝振りのよい立ち木は槙だ。椿に、あれは万両か。

手前には蹲踞があり、その足元にはつわぶきの葉が風に揺れていた。飛び石に水が打たれている。石塔もある。狭いがよく手入れされた庭だ。周りは竹を組んだ垣根に囲われていて、すぐ外は路地である。路地の向こうはお栄の料理茶屋の黒板塀だ。

稽古場の座敷には、茶のお点前の用意がすでに出来ていた。

「では今日はお栄さんからお点前をしていただきましょうか。智絵さんが正客ね。そのお隣の次客を里久さん。桃さんが末客ね」

和野はにこやかに指示する。

「わたしが末客のほうがいいんじゃないのかい」

里久は自分より下座の桃に耳打ちした。

「末客はね、お菓子のお皿を返したり、いろいろと役目があるのよ」

だからこれでいいの。桃は里久にこそりと教える。

「あっ、そうなの」

隣に座った智絵がにっこりほほ笑む。なにも知らない里久は、顔を赤らめてうつむいた。

お栄が居ずまいを正した。

「姉さん、はじまるわよ」

里久はあわてて膝をそろえ、背筋を伸ばす。

お栄は茶筅と茶杓がのった茶碗をとり、体の正面から少し離して置く。次に茶碗の手前へ置いた棗(なつめ)を、帯に挟んだ袱紗(ふくさ)をさばいて清めていく。

「お栄さん、清めた棗は炉縁(ろぶち)の角と水指(みずさし)を結んだ線上、すこし水指寄りに」

「はい」

返事をしたが、お栄はまごつく。

「あわてなくてもいいのよ。茶杓を清めて」

「あっ、そうでした」

「清めるのは袱紗をさばき直してからですよ」

「はい」

「そうそう。さばいた袱紗は左手、右手で茶杓をとって清めます。ふくのは一回ではありませんよ。三回です」

和野はお栄に懇切丁寧に教えてゆく。里久はその様子を見ていてびっくりした。間違っても怒られない。つまずいてもせかさず待ってくれている。やさしい眼差(まなざ)しで静かに見守ってくれている。お栄は自分の呼吸で点前をする。隣で智絵がすうっと深く息を吸い、目を閉じる。ふたりがこのゆったりとした刻(とき)の流れに身をゆだね、疲れを癒しているのがわかる。

里久の肩からふうっと力が抜けていった。そんな里久を隣の桃が静かに見つめる。

和野がくるりとこちらをむいた。

「里久さん、遠慮なく楽になさってね」

桃が前もって話してくれたのもあるが、それでもお稽古中に足を崩してもいいと言ってくれる。それも里久には驚きだった。

「はい」

もう少しなら大丈夫。里久はそのままお栄の手許を神妙に見守った。

「姉さん、大丈夫？」

桃がささやいた。里久はちょっと前から腰を浮かしたりと、もじもじしていた。だんだんと足のしびれが酷くなってきていた。

「崩させてもらったら」

「でももう少しだから」

お栄がしゃかしゃかと茶を点てている。

そうだ。里久は長吉に教えてもらったまじないをやった。

額に唾をつけてと。しかし何度やっても効くはずもなく、やっとお栄が茶筅を置いたときにはもう限界に達していた。

「ご、ごめんなさい、もうだめ」

里久はたまらずその場で四つん這いになってしまった。

「姉さん」

桃がいまにも畳に突っ伏しそうな里久を支えようとしたが、触られるだけでしびれは全身を駆け巡り、里久は悶絶して「ううっ」と呻いた。お栄と智絵は口をあんぐりだ。

「わたくしとしたことが、教えることに夢中になってしまって」

和野はおろおろと謝る。

「こちらにいらして足をのばしてごらんなさい。ああ、ゆっくりでいいですからね」

和野は廊下に座布団を敷く。

里久は四つん這いのまま、そろりそろりと這っていく。もう茶どころではなく、桃とふたりの娘もついてくる。里久はとほほだ。

廊下に足を投げ出し「くううぅ」と唸る。と、間の悪いことに庭の奥の枝折戸が開いて男がひとり入ってきた。唸っている里久にぎょっとして駆けてくる。

「どうしなさいやした。どこか具合でも悪いんで」

「いえ、違うのですよ。足がしびれてしまって」

和野が男の早合点を打ち消す。

「お騒がせしてしまって」

桃は恥じらい、里久も苦痛に顔をゆがめて頭をさげる。そんな様子を呆気にとられてしばし眺めていた男が、「ぐふっ」と噴き出したと思ったら、「こいつはいいや」と肩を揺すって大きく笑った。

「正次ったら失礼よ」

お栄が男を小突いた。

男はお栄の料理茶屋「松風」で働く板前だった。

「これでも花板なのよ」

「お嬢さん、これでもってことはねえでしょう」

正次は「失礼しやしたね、お嬢さん」と里久に詫びる。

青々とした月代に細く結った髷をちょいっと斜めにのせている。子持ち縞の袷の胸元をゆったりと着こなすさまは、なるほど板前とあって粋だ。そろそろ四十といったところか。男盛りだ。顔も鼻筋のとおった、なかなかの二枚目である。里久は少しましになってきた足をそろりと動かしながら正次を眺め、こういうのを苦味走ったっていうのかもしれないと思った。桃もちょっと頬を赤らめている。

お栄は正次になにしに来たのと問うている。

「なにって、昼のお客も終わって、夜の仕込みの前にちょいと空きができたもんで、お嬢さんに頼まれた野点の――」

と言ったところで、お栄はあわてて「正次っ」と、とめた。智絵もはらはらしている。

温和だった和野の顔が曇っていった。

「まだするとは申したわけではございませんよ」

やさしい物腰は変わらないが、表情も声も硬い。

正次は「へ？」と和野を見、またお栄と智絵に目を戻した。

「お師匠さんはまだ決めかねておいでなのよ」

お栄は正次に事情を話す。

「野点って」

桃がお栄にたずねる。

「はっきりしてからお話ししようと思ってたんだけど」

お栄が話すには、どうしたら弟子を増やすことができるか、あれから智絵とずっと考えていたという。このお稽古場のことをもっと世間に知ってもらわないといけない。でも、お稽古を見てもらいたくてもなかなか来てもらえない。

だったらこっちから外に出ちまえばいいんじゃねえですか。いっそ野点でもしてみますかい。そう知恵をかしてくれたのはこの正次だったと、お栄は打ち明けた。

「きっとよいお披露目（ひろめ）になると思うの」

「桃さんだってそうお思いになるでしょ」

智絵にきかれ、桃もうなずいた。

「ええ、とってもいい考えだわ。そうだ、姉さんもご一緒していいかしら」

もちろん、とお栄と智絵の声がそろう。

「わ、わたしもかい」

里久は焦ってしまった。きっとまた足がしびれてしまう。

渋っている里久に、正次は「どうなさいやす」と返事をせかした。

「いえね、あっしがここへおじゃましたのは野がけ弁当のことでして」

ふたりの親たちも乗り気で、話はすでにすすんでいるらしい。野点の場所は智絵の親戚がいる向島。そして弁当はお栄の家の料理茶屋が受け持つ手はずとなっている。その掛かりもぜんぶ両家の親が持つという。

「いくつ拵えたらいいか、数と、それにここが肝心、献立を相談しようと思いやしてね。甘い玉子焼きは欠かせやせんでしょ。それにこの時季なら筍だ。それから田楽でございやすね。海老もいいな。それからっと——」

聞いているだけで里久の口の中は唾でいっぱいだ。

「ああ、もう、行くよ。わたしも行く」

ごちそうにつられて里久はつい口走ってしまった。

正次がにやりとし、娘たちから華やかな笑い声が弾けた。

「なんだか楽しくなってきたわ。桜はもう終わりに近いけど、野摘みができるんですって」

おっ母さまが言っていたもの、と智絵が浮き立つ。

「野点のあとに野摘みだなんて洒落てるわ」

桃は胸の前で指を組み、うっとりだ。

「きっと評判になって弟子も増えること間違いなしよ」

言いだしっぺのお栄は鼻を高くする。

和野だけがまだ浮かない顔をしていた。

お栄が和野に両手をつく。

「お師匠さん、生意気言ってごめんなさい。でもここがなくなってしまったら、お師匠さんに会えなくなってしまったら、わたしも智絵ちゃんも桃さんも悲しいの」

智絵は涙を浮かべる。

そんな娘たちから視線を外し、和野は庭に目をむける。蹲踞で目白が水浴びをしていた。

「わたくしも看板を掲げる前は、思い描いていたものですよ」

たくさんの弟子に囲まれてお稽古をつける己の姿。

「楽しくて、みなが元気になる場」

でも現実は難しく、どうにかしようとしても足がすくんでしまうと和野は吐露する。

「不甲斐ない師匠なばっかりに、あなたたちにここまで考えさせてしまって……」

和野は申し訳ないと弟子たちに頭をさげる。

「いいえ、いいえ」

智絵は和野の白くほっそりとした手をとった。

「楽しいお稽古です。ここへ来たらいつも元気になります」

「わたしもです。だからなくなってしまったらって」

お栄も和野の手に手を重ねる。

お師匠さん、と桃は和野へにじり寄る。

「わたしたちにもお師匠さんのお手伝いをさせてくださいな」

里久は、いいね、とはりきる。

「一緒に盛りあげていくってことだろ」

「ああ、そのとおりだ。お師匠さん、あんたさんはひとりじゃねえんですよ」

正次が言う。

「ひとりじゃない……」

和野は娘たちを見回す。背筋がすっと伸びる。

「里久さん、なにも案ずることはありませんよ。野点なら床几（しょうぎ）が使えますからね」

「それじゃあ」

弟子たちの目が輝く。

「ええ、やりましょう。みなさんお願いいたします」

和野の決意に、わあ、と娘たちは抱き合い、よろこび合う。

「そいじゃあ、弁当にはほかになにを入れやしょうかね」

正次が白い歯を見せる。

陽だまりの廊下で、和野を囲んでの娘たちの語らいは時間の許すかぎりつづいた。


前日に雨が降って心配したが、野点の当日は朝からよく晴れた。

春霞というのだろうか、青空は紗がかかったようで、きつくなりはじめた陽射しをほどよく遮ってくれている。

里久たちは朝五つ半（午前九時ごろ）に江戸橋のたもとの船着場へ集まった。

向島に行く舟は丸藤で用意した。

花散らしに、菱尽くし。色も柄も艶やかな振袖姿の娘たちに、とおりすがりの者たちから「こいつぁ、よい花見だ」と声がかかる。

里久は群青色の地に、青海波に小紋散らしの袂を抱えて舟に乗った。振り返り、一斤染めの地に紋尽くしの装いの桃の手をとる。つづいて和野やお栄、智絵が乗りこむ。供には料理茶屋から下男がひとりついた。正次は風呂敷に包んだ弁当を下男に託す。

「そんじゃあいきやすよ」

船頭が棹を操り、舟は川へ滑り出た。日本橋川は今日も荷をのせた伝馬船や艀舟が行き交う。里久たちと同じように遠出をする一団の舟もいる。

里久たちを乗せた舟はすぐに江戸橋をくぐった。一瞬暗くなり、また陽射しの下へ出る。眩しさに目を瞬いていると、頭上から「お気をつけて」と声がかかった。見上げたら橋のうえで正次が手をふっていた。

「いってらっしゃいやし。お嬢さん方、気をつけるんですぜ。お師匠さんも、楽しんできておくんなさい」

叫ぶ正次に、和野はうなずく。娘たちは手をふり返す。

お栄と智絵はすぐに舟の道行きに夢中になった。

「あっ、見て、鳥よ」

水鳥が川に潜るたびに歓声をあげる。

「鵜だよ」

里久は教えてやる。

「まあ、魚よ。あんなにたくさん」

「あれは鯔だね」

舟と速さを競うように、青い背の魚の群れが鱗を光らせてとおり過ぎていく。

「お師匠さん、鯔ですって」

お栄と智絵は、ほらほら、と指をさす。

「ええ、ほんに……」

和野は気持ちよさそうに川風をうける。

「さあ、大川へ向かいやすよお」

船頭が舳先を大きく右に切った。

向島は葉桜のきれいな時季を迎え、野遊びを楽しむ者たちの姿もあった。

里久たちもさっそく舟を下り、岸に上がった。智絵の親戚の者が出迎えてくれ、川が見下ろせるよい場所に緋毛氈を敷いてくれていた。床几も忘れていない。

「今日は楽しむお点前をいたしましょう」

和野たちはさっそく持参した道具を並べ、茶を点てた。

盆に棗と茶筅、茶杓に茶巾、それに茶碗を置いた手軽なやり方だ。亭主と茶のお運び、そして客。役を順繰り入れ替えてゆく。いつもより細かい手順を気にしなくてよいので、みんなはのびのびと茶を点てる。客も今日は床几の席だ。これなら里久も足がしびれることはない。

干菓子を食べ、互いに相手の茶を味わい、苦いだの薄いだのと言い合っていたら、上品な形のご老体が寄ってきた。向島は大店の別宅が多いので、どこぞのご隠居なのかもしれない。

「ほう、野点とは風流な。よかったらわしにも振る舞ってくださらんか」

今日はずいぶんと陽気がよく、散歩をしていたら喉が渇いたという。

「ええ、どうぞどうぞ。まだつたない弟子たちの点前ですが、よろしければ味をみてやってくださいまし」

和野は鷹揚に言って隠居に床几をすすめた。

「お栄さん、お願いできるかしら」

「でも……」

和野は不安げなお栄の背に励ましの手を添える。

「大丈夫よ。普段どおり。心をこめて」

お栄はうなずくと毛氈の風炉の前へ移り、居ずまいを正した。袱紗をさばき、道具を清め、茶を点ててゆく。

「どうぞ」

きれいな葉色の薄茶がはいった。智絵が運んでゆく。

ご隠居は茶碗を受けとり、押しいただく。

「いただきます」

ひと口、茶を含む。ごくりと喉が鳴り、そのまま一気に飲み干す。ずずっと音をたて、ほう、と息をつぐと茶碗を膝に置いた。

「おいしゅうございました。娘さん、ありがとう」

お栄と智絵に、花が咲いたような笑顔がこぼれる。

それからもぽつぽつ人が集まり、娘たちは茶を振る舞った。茶を点てられない里久は、お運び役で大いに励んだ。袱紗にのせた茶を慎重に運ぶ。宣伝だって忘れない。

「まあ、日本橋にお稽古場がおありなの」

「はい。ゆったりとして、お師匠さんもていねいに教えてくださいます」

「それがいちばんね。お弟子さんたちのお顔を拝見してると楽しいのもわかりますよ」

何人かのご隠居が孫に話してみると言ってくれた。

やっとひと息ついたところで昼餉となった。

みんなで床几に向かい合って座り、下男が手渡す弁当を嬉々として受けとった。

「みなさん、お疲れさまでしたね」

和野が娘たちをねぎらう。

みんなはびっくりしただの、緊張しただのと言い合っていたが、「でもよいお披露目になったわね」と、どの顔も満足そうだ。

「里久お姉さまも、とってもがんばってくださったわ」

お栄と智絵が礼を言ってくれる。

「役に立てたのならうれしいよ」

そういえばと桃が和野を見た。

「最初にいらしたご隠居さまと長くお話しになっていらっしゃったけど」

それは里久も気になっていた。

桜の木陰で、和野は隠居になにやら相談されていたようだった。

「ええ、月に何度かこちらでもお稽古をつけてくれないかと頼まれましてね」

茶道の心得はあるが、どうしても我流になってしまうのだという。

「まあ、さっそくお弟子さんができたということね。お師匠さん、よかったですね」

よろこぶ娘たちに、

「みなさんのおかげよ。ありがとう」

和野は深々と頭をさげた。感極まったのか、手巾(しゅきん)で目許を押さえる。

「お師匠さん」

娘たちも声を潤ませる。と、いい雰囲気の中、里久の腹の虫がくうっとなった。

「ご、ごめんよ。ほっとしたらお腹(なか)がすいちゃって」

里久はあわてて腹を押さえる。腹はまたくううと鳴る。

「もう姉さんたら」

桃は顔を赤くする。

お栄と智絵はころころ笑い、涙をぬぐっていた和野もぷっと噴き出した。

「ではいただきましょうか」

和野の明るい声にみなは「いただきまぁす」と手を合わせ、一斉に折り箱の弁当の蓋をあけた。

「うわぁ」

歓声ともため息ともつかぬ声が口々にあがった。

筍に緑鮮やかな蕗の炊き合わせ。海老の赤には粉山椒がぱらり。分厚い玉子焼きは、眩しいほどの黄色だ。蛸のやわらか煮は深い紫だ。他に焼き物の鯛。豆腐の木の芽田楽。色とりどりの料理を椎茸の旨煮の黒が引き締める。それは美しい弁当だった。

「豪勢でしょう」

お栄が得意げに胸をそらす。

「さすが松風の花板だねえ」

里久は感激だ。桃も智絵も、きれいねえ、とうっとりしている。

傍らの茣蓙でお相伴にあずかっている下男も、正月と盆がいっぺんに来たみたいだと役得をよろこんでいる。

「さぞ大変だったでしょうに」

恐縮しきりの和野に、

「正次が勝手にはりきったんだから、気にすることありませんわ」

とお栄はあっさりしたものだ。

「どれから食べようかなあ」

迷う里久に、

「姉さん、迷い箸はだめよ」

桃が須万のような小言を言う。

「わかってるよう。そうだなぁ……じゃあ、筍から」

歯をたてると筍はしゃくりとよい音をさせた。鰹の出汁もよくしみている。

里久はあまりのおいしさに目をみはった。

「来てよかったよ」

正直な気持ちがつい口からこぼれ、みんなの笑いを誘う。

わたしは玉子焼き。わたしは海老よ。みながそれぞれに弁当を楽しむ。

和野も弁当に箸をつけ、目をつぶってゆっくりと味わっている。

心もお腹も満たされたお弁当がすむと、お待ちかねの野摘みとなった。

娘たちは長い袂をひるがえし、籠を手に堤に散ってゆく。

土手には菫や蒲公英が咲き、土筆がいたるところに顔を出していた。

あったわ。こっちもよ。娘たちはにぎやかに摘んでいく。

「桃、ほらごらんよ」

里久は蕨でいっぱいになった籠を持ち上げた。拳を握ったような形はなんともかわいらしい。

「煮浸しにしたらおいしいんだよ」

父の藤兵衛の好物である。

「桃はなにを摘んでいるんだい」

妹の籠をのぞけば、小さな若葉でいっぱいだった。香りだけでなんだかわかる。

「蓬(よもぎ)だね」

「ええ、お民に蓬餅をつくってもらおうと思って」

「耕之助が好きだもんねえ」

とたんに桃の頬は朱に染まる。

「もう、姉さんの意地悪」

あははと笑っていると「桃さーん、里久お姉さまあー」とお栄たちが呼んだ。

桃はふたりの許へ走ってゆく。里久も後につづこうとしたが、床几にひとりすわる和野に気づいた。

「お師匠さん」

里久は和野のそばへ立った。

「まあ、たくさん摘めましたねえ」

和野は里久の籠の蕨をひとつ摘(つま)み、香りを胸に吸う。

「どうです、よかったら一服さしあげましょうか」

ここへお座りなさいと里久に床几をすすめ、和野は毛氈の風炉の前へ移り、茶を点てはじめた。

里久はその姿を静かに見守った。茶筅を手にゆっくりと動く手首が徐々に速くなり、点てる音は軽やかに高くなってゆく。和野の一連の所作は滑らかで流れるようだ。

「きれい……」

里久は思わずつぶやいていた。

和野の手首が大きく円を描いてとまった。

「どうぞ」

和野は里久に茶を渡すと横に座った。

「いただきます」

受けとった茶は、細かい泡で覆われていた。ひと口飲んで里久は驚いた。泡は唇にやわらかく、ふれても消えない。ふわりとなでられたようだ。下からあらわれた鮮やかな緑の茶は、ちっとも苦くなく、むしろとろりと甘い。感じた瞬間には舌を去り、さらりと喉へ落ちてゆく。残るのは茶の清々(すがすが)しさと、青々しい香り。

お茶ってこんなにもおいしいものだったんだ。

桃の縁談相手だった、「山岸屋(やまぎしや)」の寛治郎(かんじろう)が淹(い)れてくれた煎茶(せんちゃ)のおいしさとはまた違った驚きがあった。

穏やかな風が里久の顔をなでていった。頭上では木々の梢の葉ずれが鳴り、小鳥たちがさえずっている。それらがみな、茶の後の余韻とまじり合う。

いま、里久の気持ちはとても平らだ。

「お師匠さん、わたしね、お稽古事に懲りていたんだ。見物に来るのも怖かった」

お茶の稽古を逃げていたのは、足がしびれるだけじゃない。元の師匠の辛らつな言葉をいっぱいに浴び、怖気づき、ただ苦手だと背をむけていた。

「でも来てよかった」

ひりついた胸の内をはじめてひとに話し、里久は照れ隠しににっと笑う。

「わたくしと同じね」

和野はそんな里久に憐憫の眼差しをむける。

「里久さんは、わたくしが離縁されたのはご存じかしら」

とつぜん和野にきかれ、里久は戸惑いながら小さくうなずいた。

「別れた夫はね、すぐ怒鳴る人だったの。わたくしはのんびりだから」

性分の違いすぎた夫婦だったと和野は過去を振り返る。

「だから離縁だと告げられたとき、わたくしは哀しくなんかなかった」

むしろほっとしたという。

「幸いといっていいのかしら、子どももできなかったし」

と和野はほほ笑む。

これで誰の顔色を気にすることなく暮らしていける。和野は嫁にいく前に通っていたお茶の師匠の助けをかり、稽古場の看板を掲げた。しかし事あるごとに別れた夫の言葉に縛られたと話す。

——できもしないくせに。どうせおまえなんか。

「じゃあ、足がすくむって」

そんな理由があったのか。

「踏ん張らなきゃいけないときに、とくにね」

和野は答えた。そして気づけば自分も言っていたと話す。

「どうせわたくしなんか、ってね」

いつのまにか、己が己を貶めていた。

でも、と和野はうつむきかけた顔をあげる。

遠くからお栄と智絵、桃の笑い声が聞こえる。

「まるで小鳥のようね」

和野は野摘みに夢中の娘たちを目で追う。

「あの娘たちがこんなにも心配してくれ、大事にも思ってくれている。わたくしにとってもかけがえのない大事な弟子たち。わたくしのお稽古場は、あの娘たちの翼を休める場所でもありたい」

お栄と智絵がいくつもの稽古で疲れた身を、お茶のゆったりとした刻の中で癒していることを、和野は知っていた。

「しっかり守っていかないとね」

いつまでも別れた夫の言葉になぞ絡まっていられないと、和野は朗らかに笑う。

「それにしてもよいお天気だこと。ちょっとお散歩しましょうか」

和野は野原を歩きだす。里久もあとにつづき、眼下に流れる大川を和野と眺めた。

川を猪牙舟や屋根舟がゆったりとすすんでいく。すごい速さで流れてゆくのは筏舟だ。岸では投網をしている者もいる。いまの時季ならなにが獲れるのだろう。若鮎か。

和野がくるりと振り返った。

「里久さん、また気がむいたときにお稽古にいらっしゃいな」

それはこれからもお茶のお稽古に通うってことだ。

里久は一歩前へと踏み出した。和野も一歩、いや、向島で新しい弟子を得て、二歩踏み出したのだ。

わたしも二歩めを踏み出してみようか。

里久は「はい」と大きくうなずいた。春の風を胸いっぱいに吸う。

お栄と智絵、桃が、きゃっきゃと笑い合っている。

「みなさんよい骨休みができたようですね」

こっちに気づいた三人が「お師匠さあーん」と手をふり、野の草でいっぱいになった籠を抱えて駆けてきた。


後日の丸藤である。

里久は今日も店に立ち、客の相手をしていた。以前お茶会の話題になり、里久が正客を知らなかったゆえに不快にさせた、あの糸問屋の内儀（ないぎ）である。

内儀は番頭にこんどは袋物を注文し、いくつかの布を使った凝（こ）ったものにしたいということで、番頭が蔵に金唐皮（きんからかわ）や羅紗（ラシャ）の見本帖（ちょう）を取りに行ってる間の場つなぎに、里久がお相手をしていた。

里久はおずおずと先日の詫びを述べる。

「ほんとうになにも知らなくて。ですから、あれから野点に行ってまいりました」

黙って振る舞い茶を啜（すす）っていた内儀だったが、あらそうなの、と意外そうに里久に目をむけた。

「それでどうでした」

「はい。正直に白状しますと、窮屈とばかり思っていました。でも楽しいものでした」

茶を飲んであんなに気持ちがゆったりしたことはないと里久は語った。

「まあ、それはようございましたねえ」

お茶ってそういうものなのよ、と内儀は満足そうにうなずく。

「そうだわ、あなたにこれをさしあげるわ」

内儀は店の隅で待っている供の者を呼んだ。

「櫟の木でつくられた炭ですよ。菊炭っていうの」

大事な茶席で釜の湯を沸かすのに用いられる炭なのだと内儀は教えてくれ、供が抱えている油紙を広げた。

「わぁ」

なんてきれいな炭なんだろうと思った。周りは漆黒。断面は銀を加えたような薄墨色で、真ん中から八方へいくつもの筋が伸びている。まさに菊の花が咲いているようだった。

「なかなか手に入らないのよ」

わざわざ買いに出かけていたのだという。

「そんな貴重な炭をいただけません」

里久はお気持ちだけでと遠慮した。

「いいのよ。とっておきなさい」

「でも……」

「お嬢さん、ありがたくいただきましょう」

蔵から戻ってきた番頭が内儀に「これはよいものを」と礼を述べる。

里久も板の間に手をついた。

「お内儀さま、ありがとうございます。またひとつお勉強させていただきました」

菊炭を包んだ風呂敷を手に、里久は母の須万と和野の住まいを目指していた。

正式にお弟子になる挨拶(あいさつ)をするためだ。炭は里久だけが使うのはもったいなくて、この前の野点のお礼におすそ分けをしようと思い立ったのだ。和野もきっとよろこんでくれるに違いない。

「どうぞよろしくお願いいたします」

須万が座敷に三つ指ついて和野に深々と辞儀をする。里久もあとにならった。

こちらこそと和野が返礼する。

「あの……」

須万は口ごもり、美しい青眉(あおまゆ)を寄せて娘を見やる。

「おっ母(か)さまったら、どうにも心配だと顔に書いてあるよ」

須万は、あらわかる？　と頬に手を添える。

和野は大丈夫でございますよ、と温かい声を須万にかける。

「里久さんと楽しいお茶の刻を過ごせたらと思っております」

安堵する須万に、里久はにっと笑う。

からからと玄関の格子戸の開く音がし、「こんにちはぁ」と娘たちのはつらつとした声が聞こえた。

「あれ、あの声は」

お栄と智絵である。

「今日はお稽古の日だったかな」

「里久さんが挨拶にいらっしゃるとお話ししたのよ」

なんせ家はすぐそこだ。

廊下からふたりのにぎやかな足音が近づいてくる。

庭で、ホーホケキョ、と鶯が鳴いた。

第五章　耕之助の引っ越し

里久は針を手に桃の部屋で悪戦苦闘していた。障子は開け放たれ、中庭から心地よい風が入ってくるが、額にじわりと汗がにじむ。

四月朔日は更衣の日である。冬の綿入れから袷になるのだ。里久は母の須万からその日までに着物の裏地を解いて中から綿を抜き、袷にしておくよう言われていた。「だからこの更衣の日を綿脱きとも呼ぶんだよ」とそのとき須万が教えてくれた。須万だって持っている着物のすべてをしろとは言わない。一枚だけ、お針の稽古をかねてのことだ。

「もう、いっそのこと単にしたいもんだよ」

そしたら解いた裏地を縫い直さなくてもいい。手間がはぶけるというものだ。

姉さんたら、と隣で同じく針仕事をしている桃が呆れ返る。

「お裁縫は得意だと言っていたじゃない。品川の叔父さんたちの着物を縫っていたって」

桃は痛いところをついてくる。

「方便だってことは糠袋を縫っているのを見てわかってるくせに」

いま思えば、叔父さんも兄さんもよく我慢して着てくれていたものだ。

桃はおかしそうに笑う。

「桃はえらいよね。洗い張りまでするんだから」

淡い桜色の地に扇柄の小紋を解いて、汚れや縫い目に入りこんだ埃を洗い落とし、糊づけをして戸板に張りつけ、乾かし、ふたたび縫い直している。

「これお気に入りなのよ」

こうしておけば長く大切に着られるからと、桃は手を惜しまない。

「桃はほんとうに、えらいよ」

感心していたら廊下に足音がして民が顔を出した。

「里久お嬢さん、庭師の辰三親方がおみえになりましたよ」

半纏着に米屋かぶりの男が庭に立って、こっちに小腰をかがめた。

「お嬢さん、どこらへんになさいやす」

若い職人がふたりがかりで菰に包まれた荷を運びこんでいる。

「待って、いま行くよ」

里久は庭にむかって叫んだ。針を縫いかけの着物に刺し、あとでするからと言い置いて、いそいそと庭に出た。

「もう姉さんたら、早く仕上げてしまわないと間に合わないわよ」

桃は焦れる。

「しかたありませんよ。なんたってお池づくりなんでございますから」

民は明るい庭へ目を細めた。

青物問屋のご隠居の庭で池を見てから、里久は自分の池が欲しくなった。

しかし「丸藤」の庭は店の品物を収めている蔵がある。湿気は大敵と聞いて諦めていた。

が、日ごろ欲しいものなぞ言わない里久が望むのならと、父の藤兵衛が許してくれ、出入りの庭師に相談し、でしたら水鉢を埋めたらいかがでございやしょうと助言を受けてつくることとなったのだ。

「どこがいいだろうねえ」

里久はうきうきと場所を思案してゆく。

「蔵から離れたほうがいいよね」

「へい、それにいまの水鉢よりふた回りほど大きゅうございやすから、植木の根を傷めねえようにしなくてもなりやせん。庭石のそばあたりなぞどうです。そこならお部屋からも眺められやすし」

「うん、そうしよう」

「そいじゃあ、このあたりで」

親方は地面に大きく円を描いた。おい、ここを掘ってくれと声をかけ、職人たちがへい、と掘りだす。いい加減の穴になると菰をとって真新しい水鉢を手ぎわよく据えた。

「どうです」

「いいね、いいね」

里久はうれしくて手をたたいた。

ご隠居の庭のような大がかりな池ではない。簡素なものだ。それでも里久の念願の池だ。里久は職人にまじって自分の手で鉢の底に砂利を敷いていく。池をつくれるとわかってから用意しておいた水草と睡蓮(すいれん)も植えていく。

「これもどうかと思って持ってきたんですが」

親方は羊歯(しだ)を水鉢の周りにあしらった。

「ぐっと趣(おもむき)が出たねえ」

「趣きたぁいいや」

里久の言葉に親方も職人もからから笑う。

「水を張っときやす。二日ほどして馴染(なじ)んだところで魚を放してやっておくんなさい」

水が満たされた水鉢の中で、水草と睡蓮が揺らめくのを眺めながら、里久はわかったようなずいた。

四月を迎え、更衣もすみ、やれやれと思っていたら雨の日が多くなった。

今日も朝から雨だった。

少し前までの雨は木々の葉が芽吹き、花を咲かせ、春を引き寄せていたが、このごろの暖かい雨は葉を濃くし、力強い土の香りを立ちのぼらせ、季節はもう初夏だと知らせているようだ。

「それにしてもよく考えたもんだな」

耕之助が丸藤の台所で民の拵（こしら）えた握り飯を頬張（ほおば）りながら感心している。

荷揚げの仕事は米俵の荷が濡（ぬ）れるからと昼前には早々に終わり、里久の池を見物に来て、ちゃっかり昼飯のお相伴（しょうばん）にあずかっている。

「だろう」

耕之助の旺盛な食べっぷりを眺めていた里久は、にっと笑う。

傘をさしながら耕之助を案内して池をのぞいたら、雨粒に波立つ水面を、四匹の赤い金魚が気持ちよさそうに泳いでいた。里久はとても満足だ。

「池もいいけど、長屋は決まったの」

今日はお稽古がなにもなく、耕之助のためにのんびりと茶を淹（い）れていた桃がたずねた。

長屋がなかなか決まらないことは里久も耕之助から聞いていた。父親の大和屋重右衛門に頼めば容易なのだろうが、耕之助は仕事以外、大和屋との関わりから離れたところで暮らしたいと願っている。いまは家から出て、人足仲間の長屋を転々としている。早く落ち着けるところを見つけたい耕之助だ。

「どっか近場でないかなあ」

茶を桃から受けとりながら耕之助は嘆息する。

「焦る気持ちはわかりますけど、坊ちゃん、近場だけで選んじゃいけませんよ」

民が漬物を差し出しながら言う。

「長屋にもいろいろありますからねえ」

「いろいろって？」

里久と桃の声が重なり、耕之助も首をひねった。

「建て付けはどうか、住んでる人はどうか見極めなきゃなりません」

安心して暮らせるかが懸かっているという。

「けどよ、建て付けは見りゃあわかるが、人は住んでみないとわからねえだろ」

「そうだよねえ」

耕之助が言うのも、もっともだ。

「そんなことはありませんよ」

民は濡れた手を前掛けでふきながら板敷きの縁へ腰かける。民のひどかったあかぎれも水が温むごとにましになり、いまではすっかり治っている。

民は見るべきところはいくつもあると言う。

「井戸の周りや路地はきれいか。塵ためや厠もですよ」

ここがきれいなら、まともに暮らしている住人と思って間違いないそうだ。

「それと、おかみさんたちが元気におしゃべりしているか。子どもたちが外で遊んでいるか。周りが物騒でないことがわかります」

「なるほどねえ」

若い三人は民の鋭い観察眼に恐れ入った。

「耕之助、わかったかい。しっかり見るんだよ」

里久は発破をかけてやる。耕之助は「お、おう」と返事をし、井戸だろ、路地に――と難しい顔で民がいま言ったことをおさらいしていく。そんな耕之助を眺めて、桃はとてもうれしそうだ。

それから五日たってのことだ。

混んでいた客も引け、やっとひと息ついた昼下がり。桃が内暖簾から顔をのぞかせ「姉さん」と呼んだ。妹が店に来るなぞ珍しい。里久は「なんだい」と立っていった。

「耕之助さんが長屋が決まったって来ているの。いまお父っつぁまに挨拶しているわ」

「へえ、よく見つかったねえ」

あれほどないと困っていたのに。里久は少なからず驚いた。

「でもどうしてお父っつぁまに」

桃もさあ、と首をかしげる。

とにかく里久は桃と一緒に奥座敷に行ってみることにした。

葭簀戸に籐の敷物の夏拵えがすんだ座敷にかしこまっていた耕之助が、姉妹の姿を見てやっと決まったよと笑った。

「よく見つかったねえ」

里久が桃に言った言葉をくり返すと、

「金吾さんのおかげだよ」

と耕之助は答えた。

金吾は藤兵衛の友達で、行徳で塩をつくっている職人だ。なんでもその金吾が口添えしてくれ、実家である塩問屋の家作に入れてもらえることになったのだという。

「ほら、丸藤に案内したことがあったろ」

ふた月ほど前のことになる。里久の文をきっかけに、藤兵衛と金吾の長い仲たがいが解けた。そのとき娘にひっぱられて久方ぶりに江戸へ出てきた金吾を耕之助が案内し、その道すがら世間話に江戸の長屋事情とやらを話し、ついでに困っていることを嘆いた。それを金吾は忘れずにいてくれて、もしまだ決まってなかったら世話してやってほしいと弟に頼んでくれての、今度の運びとなったと明かした。

　おれも結構いいやつだろ。

　そう言って陽(ひ)に焼けた顔でほろりと笑う金吾が目に浮かぶようで、里久はなんだかおかしいやら胸が熱くなるやら。人の縁のありがたさを感じた。

「おじさんにも世話になってな」

　友人がひと肌脱いだのだ。ならわたしもと、藤兵衛は長屋の請け人を引き受けた。後見人ということだ。

「おかげで話はとんとん拍子に決まってな」

　耕之助はその礼に来たと話す。

「大和屋さんには、またお節介めと睨(にら)まれるだろうがな」

　藤兵衛は朗笑する。

「場所はどこなの」

　桃が問うた。

「神田(かんだ)の多町(たちょう)ってとこだよ」

「ここからちょっと遠いわね」

里久が知っているのは伊勢町界隈ぐらいのものだ。

「姉さんも室町がある大通りをまっすぐに北へ行ったら須田町があるのは知ってるでしょ。その少し手前よ。ほら青物市が立つところ」

耕之助は竪大工町の隣町だと指で宙に絵図を描く。

「筆屋と笠屋の間の路地を入ったところにあるんだ。桃ちゃんが言うようにちょっと遠いけど、いい長屋だよ」

民に教わった要所もしっかり確認したと里久と桃を安心させる。

「置屋の女将さんにも知らせたんだ。よろこんでくれてよ、いらねえって言うのに引っ越し祝いだからって、着物を誂えてやるってきかねえんだ」

耕之助の別れた母は、かつて染吉という権兵衛名で柳橋の芸者をしていた。その母がいた置屋の女将は、幼い耕之助も世話になったおひとだ。

耕之助は照れくさそうに頭を掻いている。が、すぐに困り顔になった。

「おじさん、いざ引っ越すとなるといろいろいるもんですね」

鍋釜に、あとどんなものを揃えたらいいんだかと首をすくめる。

「そうだねえ。世帯道具だから、わたしにきかれてもねえ」

藤兵衛も腕を組む。

「そうなのかい」

「引っ越すのはいつだい」

「二日後に昼から休みがもらえたんで、その日にと考えています」

「じゃあ、須万から民に手伝うよう言っておくから、道具もそのときに一緒に見てもらうといい」

「お父っつぁま、わたしも手伝ってもいいかい。長屋の掃除もあるだろうし、買い物までとなれば、お民ひとりじゃ半日では終わらないよ」

里久は、人手は多いほうがいいだろうからと桃も誘う。

「耕之助の住まいを桃だって見てみたいだろ」

そっと妹の耳にささやく姉に、桃はこくりと小さくうなずく。

藤兵衛はそれもそうだと思ったようで、わかったよと里久と桃の手伝いを許した。

「かえって民のじゃまにならないようにな」

耕之助がほっとして「助かります」と一同に頭をさげた。


引っ越しの当日は、昼過ぎに丸藤の勝手口に耕之助が迎えに来た。

「こっちは準備万端だよ」

いつもは振袖(ふりそで)の里久と桃も、今日は動きを考えて小袖の形(なり)だ。

「持っていく荷物はそれだけなのかい」

耕之助は柳の葛籠（つづら）を脇にひとつ抱えているだけ。あまりの少なさに呆れると同時に、それまでの耕之助の暮らしぶりを思い、里久はやるせない。しかし当の耕之助は明るいもので、身軽でいいだろうと笑っている。

「そうね。それにしてもいいお引っ越し日和（びより）になってよかったわね」

桃はお勝手から首を伸ばし、晴れわたった青空を見上げた。いちばんつらく思っているのは桃なのに、朗らかに応（こた）えてみせる。せっかくの門出だ。明るくいこうという心づかいがうかがえて、里久も重くなりかけた気持ちを吹き飛ばす。

箒（ほうき）や雑巾を手に民がお待たせしましたとあらわれた。

「よし、はりきって行くか」

里久は拳（こぶし）をふりあげる。耕之助を先頭に、桃と民と四人で長屋がある多町へむかった。

多町は室町の大通りを神田鍋町（なべちょう）まで行き、そこから西に道を二本入る。耕之助の長屋はさらに奥に一本入ったところにあった。

「ここだよ」と教えられ、里久と桃は長屋の木戸口に立った。いわゆる裏店（うらだな）だ。

里久も桃も裏店は知っている。鏡磨きの彦作や、丸藤出入りの職人の多くが裏店住まいだ。しかしこうやって足を踏み入れるのは、はじめてのことだ。

木戸には研ぎ屋、桶屋（おけや）、大工、左官、棒手振り（ぼてふり）、と生業（なりわい）とそれぞれの名が記された木札が掲げてある。

「ここの住人たちですよ。こうしておけば訪ねてくる人が迷いませんからね」

民が木札を見上げながら娘たちに教える。

「なるほどねえ」

路地の奥をうかがうと裏店は五軒の割長屋になっていて、突き当たりに井戸がある。

「奥から二番めが俺の家だ」

木戸をくぐり、足取りも軽やかに路地をすすむ耕之助に、里久と桃はおずおずとついていく。民は娘たちのあとに控え、長屋のあちこちに目を光らせる。

入ってきた一行に気づいて、井戸端でわいわいしゃべりながら昼飯に使った汚れた茶碗を洗っていたおかみさん連中が、つっと黙ってこっちへ視線をくれた。「いったいどこのお嬢さんたちだい」とひそひそささやき合っている。

「坊ちゃん、早くご挨拶を」

民は何事も最初が肝心だと耕之助をせっついた。

「おお、そうだな」

耕之助はおかみさんたちへ駆け寄り、小腰をかがめた。

「今度ここへ引っ越してきました者で、人足の耕之助と申します」

どうぞよろしくお願いしますと頭をさげた。

「ああ、あんたがそうかい。差配さんから聞いているよ」

おかみさんたちは納得顔で、こちらこそよろしくと返した。赤ん坊を負ぶったおかみさんが、右隣の者だと挨拶する。

「このとおりまだ子どもは小さくてね。泣いてうるさいだろうけど勘弁しておくれよ」

「なに、赤ん坊は泣くのが仕事さ。気にしねえでおくんなさい」

澄んだ丸い目をむける赤ん坊に、耕之助はよろしくな、とあやした。赤ん坊は手足をばたつかせきゃっきゃと笑う。

「あははは、元気だなあ」

おかみさんたちは、「気安いおひとでよかったよう」とほっとしている。それで遠慮がとれたのか、こちらさんは？　と里久と桃に好奇に満ちた目をむけた。

「ああ、知り合いで。引っ越しの助っ人です」

桃がすかさず耕之助の横に立ち、耕之助をよろしく頼むと挨拶した。里久もよろしくと頭をさげる。まあまあごていねいに、と互いに頭を上げ下げしていたら、木戸から男が入ってきた。棒手振りだ。着物を尻端折りにし、下は股引だ。頭に捻り鉢巻をした、年は耕之助と似たり寄ったりの若い男だ。

「あれもここの住人さ。青物の棒手振りをしている平助さんだよ」

耕之助の家の左隣の男だと、右隣のおかみさんが教えてくれる。

男が担いでいる天秤棒の笊には売れ残ったのか、青菜がひと束あった。

「ようよう、にぎやかじゃねえか」

男は里久と桃に気づいて、つり目をおっとみはった。

「なんだなんだ、掃き溜めに鶴ってか。よう、もっと顔をよく拝ませておくんなよ。ひゃあ、こいつはとんだ美印だ」

男は桃に近づき、無遠慮にじろじろ見た。

桃はうつむき、身を硬くする。里久はとっさに妹を背に庇い、男をきっと睨んだ。

「おっ、こっちは威勢がいいな。怒ったのけ」

「やめろ」

耕之助が里久と男の間に割って入った。

「なんでぇ、こいつは」

男は耕之助を下からすくうように睨めつけた。

「平さん、おやめよ」

おかみさんが口々に男をとめる。

「このひとはね、ここに引っ越してきたおひとだよ。あんたのお隣さんだ。そちらのお嬢さん方はお知り合いで、手伝いに来ていなさるんだよ」

耕之助は、よろしく頼むと平助に挨拶した。

「へっ、いいご身分なこって。ふん、おもしろくねえ」

平助は吐き捨てると家の中へ入っていき、腰高障子戸をぴしゃりと閉めた。

「ごめんよう。あんたがこんなかわいい娘さんたちを連れているもんだから、ちょいと拗(す)ねちまったのさ」

「根はいいんだよ」

おかみさんたちは耕之助に謝り、平助を庇い、てんでに頭をさげる。その心根のよさに、里久はここがよい長屋だとわかった。

耕之助の家は入ってすぐに土間に流し、そして寝起きする板敷きがあるだけの、九尺二間(くしゃくにけん)の長屋だった。三歩も歩けばもう奥の突き当たりの障子で、あまりの狭さに里久と桃は驚くというより、呆気(あっけ)にとられた。

「男のひとり暮らしなんてこれで十分ですよ」

と民は笑う。さっきのおかみさんたちが暮らすお隣や向かいの家だって、ここよりちょいと広いぐらいでそう変わらない。裏店はどこもこんなもんだという。

「これからここで耕之助さんは暮らすのね」

桃は土間に立って狭い家を見回した。里久は「おじゃまするよ」と、さっさと上がりこんだ。突き当たりの障子を開けて外を見る。

「おっ、小さな植え込みがあるよ」

前の住人が忘れたのか、そのまま捨てていったのか、枯れて土だけになった鉢植えもいくつか転がっていた。風通しはよいようだ。すぐに板塀だが陽もよくあたる。

「いい家じゃないか」

里久は民が板敷きの床板を一枚外しているのへ寄っていった。どうやら米びつなどをしまっておく物入れらしい。民は床板を戻して、煮炊きはできるかと目を転じる。

「竈はひとつありますけど、七輪もあったほうがいいですね」

毎日の飯のお菜は煮売り屋で買うだろうが、それでもひとつは鍋と、あと皿や茶碗はいるだろうと思いつくまま入用なものを言ってゆく。

耕之助は運んできた葛籠を板敷きに置きながら、魚ぐらいは焼きたいと告げる。

「じゃあ、焼き網も買いましょうか」

「ねえ、あの平助ってひとが隣なのよね……大丈夫かしら」

いまだ土間に立ったままの桃が、不安げな眼差しで耕之助を見た。

「桃ちゃん、怖い思いをさせてごめんよ」

「お嬢さん、いろんなひとが住んでいるのが長屋でございますよ。それに、あのおかみさんたちとうまくやっていなさるようですから、悪いひとではないでしょうよ」

民は丸藤の家しか知らない娘に諭す。

そうそう、と里久も桃を安心させる。

「おかみさんたちが言っていたろ。こんなにかわいい娘をふたりも連れてきたんだ。きっと悔しかったのさ」

「誰がかわいい娘だって」

耕之助が手をかざして探すしぐさをする。

「ここだよ、ここ」

里久は己の鼻を指さす。と、隣の壁がどん、と鳴った。

「しぃぃ」

民が口に指を立てた。

「長屋は合壁っていいましてね、隣との境はこの土壁だけ。ですから話し声は筒抜けなんでございますよ」

里久はあわてて両の手で口をふさいだ。

「これが裏店なのね」

胸の動悸を押さえていた桃がふっと息をつく。

「桃ちゃん見てくれよ。女将さんからもう届いたんだぜ」

葛籠の蓋を開けて耕之助が手にしたのは、真新しい着物だった。渋い青の御納戸の地に細縞の袷だ。耕之助は肩にあてがう。

桃は板敷きに上がり、耕之助のそばへ座った。

「似合うかい」

「ええ、とっても」

たいそううれしそうな耕之助に、桃はふわりと微笑む。

気を取り直した桃を見て民は安心したようだ。

「坊ちゃん、道具揃えからいたしましょうか」

声をひそめて段取りを立てる。

「そうだな。近くに古道具屋を見つけておいたんだ。荷車も借りてある」

耕之助も声をひそめて答える。

里久も桃も古道具屋といえば、とおりすがりに眺めたことがあるぐらいだ。

「じゃあ、さっそく買いに行こうか」

里久もひそっと言って、一同は静かに表に出た。


耕之助の案内で里久たちははじめての町を歩く。

町の通りに面して小さな商いをしているのは表店と呼ばれる、言ってみれば上等な長屋の二階家だ。煙草屋があり、薬屋があり、色とりどりの着物を吊るした古着屋がある。

表店の奥は耕之助のところのような裏店が連なっている。通りには振り売りも多く、味噌売り、花売りが呼び声をあげながらゆっくりと歩く。道端で茣蓙を敷いて商っている青柚子のみずみずしいこと。その前を辻駕籠が威勢よく走ってゆく。伊勢町のように大店とその蔵が大半という町とはまた違う活気が、この町にはあった。

古道具屋は店の外まで物で溢れていた。家財道具はもとより、掛け軸や煙管、香炉まである。耕之助は民と相談しながら鍋釜、七輪、焼き網、行灯、それに夜具を揃えてゆく。

へえ、こんなものまであるんだと手にとった里久から大きなくしゃみが出た。

「ねえ、この夜具だけど、ちょっと黴臭いよ」

「贅沢は言ってられねえの。おっ、枕屏風もいるな」

耕之助は選んだものをつぎつぎと荷車にのせ、こんどは薪だ炭だと買い求めてゆく。

「油もいりますね。ちょいと買ってきますよ」

民が油売りを見つけて駆けていった。

「するとあとは瀬戸物屋だな。たしかこっちだったな」

荷車を引く耕之助の横に、里久は並んだ。

「富次郎もよろこんでいるだろう」

富次郎は耕之助の弟だ。唯一、耕之助を肉親だと認め、兄と慕っている。

「ああ、女を引っ張りこむなと軽口をたたいていたよ」

荷車について歩いていた桃のまなじりがあがったのに気づき、里久は肘で耕之助をつつ

いた。耕之助もしまったと思ったようで、首だけ桃にひねって、

「俺はそんなことしねえよ」

とあわてて手をふった。

しかし耕之助は瀬戸物屋で皿を数枚に、飯茶碗と湯呑(ゆの)みをふたつずつ買い揃えた。

「若所帯をはじめなさるんで」

店のあるじは、どっちが女房だと里久と桃を交互に眺める。

これを見たら誰だってそう思う。あるじは気をきかせて、もらいもんだが使うかいと塗(ぬ)り箸(ばし)を二膳(ぜん)つけてくれた。それを耕之助がありがてえと受けとるものだから、桃の眉は曇ってゆく。

「なんでふたつもいるんだよ」

妹のききたくてもきけないことを、姉は問うてやる。つい声が尖(とが)ってしまう。

耕之助は銭を払いながら「まあな」と曖昧(あいまい)に答えるだけだ。

戻ってきた民が、ぐずぐずしていたら日が暮れちまいますよとせかした。

「買うもの買ったら早く長屋に戻りましょう。飯の炊き方までお教えしてから丸藤へ帰りたいですからね。そうだ、お米はありますか」

「ああ、袋に詰めて持ってきた。葛籠の中に入っているよ」

「それじゃあ、あとはお菜ですね。せっかく焼き網も買ったことですし、今夜は干物でも

焼きますか」

民は干物屋に寄り、おいしそうな鯵の開きを一枚選んだ。

長屋に戻り、耕之助は夜具を干した。棒ではたくと埃の出ることおびただしい。民が井戸から水を汲んできて板敷きをふいていく。里久と桃も前掛けに襷がけ、手拭いを姉さんかぶりにして手伝う。耕之助は土間を掃き、薪や炭を運びこむ。

「それじゃあ、あとの細々としたことはお嬢さん方にお願いして、飯の炊き方をお教えしましょうか」

民は竈の火のつけ方から米の研ぎ方、水加減、炊き方と教えていった。

「少ししたら蓋の間から白い湯が噴きこぼれますからね。そうしましたら火を弱めますよ」

こんどは竈の火加減を教える。里久たちが行灯に油を注ぎ、買ってきた瀬戸物を洗い終えるころには、飯が炊ける甘い匂いがしてきた。

「夕餉時分になったら魚を焼いて食べてくださいましね。はじめに網をうんと熱くして。魚は皮目から焼くんでございますよ」

ひとりでやってみろという民に、耕之助は神妙にうなずき、今日はたいそう世話になったと礼を言った。

「里久、桃ちゃんもありがとうな。ほんとうに助かったよ」

いつもからかう耕之助にしては殊勝に礼を述べ、帰り仕度がすんだ里久たちを木戸口まで見送ってくれた。

本町あたりまで戻ってきたときには、空は夕方の気配を漂わせていた。西の空が茜色だ。どこからか魚を焼く匂いも流れてくる。

「耕之助のやつ、うまく焼けるかなぁ」

案じる里久に民は大丈夫ですよと請け合う。

「最初はうまくいかなくても、そのうちだんだん慣れていかれます」

こっちも戻って夕餉の仕度をと気がはやるのだろう。民はさあ帰りましょうと前を歩きだした。里久の横で桃はうつむいたきりだ。長屋を出てからずっと黙っている。

「桃、どうしたんだい」

「ええ……帰りぎわの耕之助さんがなんだか寂しそうに見えて」

置いていくようで――と桃はなんともせつなげだ。

たしかに里久にも木戸口で手をふる耕之助は心細そうに見えた。

耕之助は今夜からあそこでひとりで飯を食べ、あのちょっと黴臭い夜具にくるまって寝るのだ。

「案外気楽なんじゃないかな」

里久は桃を思ってわざと明るく言った。

「だって今夜から誰にも気兼ねせずにすむんだよ。友達だって呼べるじゃないか」

「友達って誰よ」

里久はぐっと詰まった。そうだった。大和屋に引き取られてすぐに小僧として働きだした耕之助に、友達をつくる暇なぞなかった。

「それなのに、あれは誰のために買い揃えたのかしら」

桃はふたつ揃えた器のことを思い出したようだ。

白地に藍で網目模様の飯茶碗と、同じ藍で竹の絵付けの飯茶碗だった。そして湯呑みもふたつ。桃はわだかまりを残しつつも井戸端でていねいに洗っていた。

「人足仲間でも泊まりに来るんじゃないかい」

きっとそうだよ、と里久は強引に決めつけた。

桃を元気にしてやろうとしたのに仇となってしまって、とほほだ。まったく耕之助がはっきり言わないから桃が気をもむんだ。里久は胸の内で耕之助に文句を垂れる。引っ越しの疲れと相まって、もうぐったりだ。

民の足がいっそう速くなった。

「桃、早く帰ろう」

里久は耕之助の長屋の方角を振り返ってばかりいる桃の手をとって、丸藤へと急いだ。

第六章　すれ違い

芒種を迎えた日は、また雨が降っていた。

長吉を供に、お茶の稽古に出かけていた里久と桃が「丸藤」へ戻ってきたとき、お勝手に耕之助の姿があった。暗い面持ちで民となにやら話しこんでいる。

耕之助は里久たちに気づき、「おう、おかえり」と姉妹たちを迎えた。

「里久、おめぇ、お茶を習いはじめたんだってな。どうだ、やっていけてんのか」

里久が正座が苦手と知っているものだから、足がしびれて呻いているんだろうと、耕之助はいつもの耕之助に戻って里久をからかう。

「お生憎さま。楽しくやっているよ」

お稽古仲間のお栄と智絵とのおしゃべりも楽しいし、お師匠の和野は無理なく教えてくれる。里久も少しずつだが正座にもお茶にも慣れてきた。が、耕之助は疑いの目だ。

「あら本当よ。今日は、はじめてお茶を点てたのよね」

すごく苦かったのよと笑う桃に、耕之助はやっと信じたようだ。へえ、と驚いている。

「いいお師匠さんのようでよかったじゃないか」

「まあね。そっちは長屋暮らしはどうだい」

いちど引っ越しが無事すんだと藤兵衛に挨拶に来ていたが、そのときはうまくやっているようだった。里久は懐紙に包んで持って帰ってきた干菓子を長吉に「おあがりよ」と渡してやる。耕之助は黙ったままだ。里久をからかった元気はどこへやら。顔はさえない。

板敷きの上がり縁に腰かけ、雨に濡れた着物の裾をふき、姉さんも早くおふきなさいよと言っていた桃が、耕之助と民を見上げた。

「なにかあったの」

「それが……」

民は困ったように口ごもる。

長吉が菓子を口に運ぶ手をとめた。

「なにがあったんだい」

里久が問い詰めると、耕之助は「じつはなあ」と話しだした。

耕之助は長屋の物がなくなるのだと告げた。

最初は酒だったという。

「晩酌にと酒を買っておいたんだよ」

肴はもっぱら干物で、魚を焼くのもうまくなったと話す。ひとり暮らしを楽しんでいるようだ。

「でもよぉ、徳利にあった酒が、いざ呑もうとしたら減っているんだよ」

それが一度や二度ではないと言う。

「自分で呑んでおいて、おぼえてないんじゃないのかい」

深酒はよくないぞと忠告する里久に、耕之助はしてねえし、と語気を強めた。

「俺もはじめは手前ぇの勘違いかと思ったさ。けど酒だけじゃねえんだよ」

つぎに笊に洗っておいた青菜が消えた。そして米、炭とつづいているという。

「米も炭もどんだけ使ったか確かめてから床下に戻すんだからよ」

里久も引っ越しのときに見た、板敷きの下の物入れだ。

「じゃあ泥棒に入られたってことかい？」

里久は自分で言っといて、まさか、と打ち消す。桃は青くなっている。

「だよなあ。留守をするときは声をかけていくしさ」

朝、仕事に出かけるときは、いつも隣のおかみさんに声をかけていくという。それが長屋の用心の仕方だ。

「俺もまさかとは思っているよ。けど、それとなくおかみさんにきいてみたんだ」

物がなくなっているとは言わない。誰か訪ねてこなかったかい。しかし、おかみさんは首をふった。誰も来ていないし、見ていないという。

「見慣れない者が入ってきたらわかりますものねえ」

民のため息のようなつぶやきが、軒から落ちる雨垂れの音と重なる。

「でしたら長屋の住人の誰かでしょうか」

長吉が嫌なことを言った。

「わたしの田舎でも似たことはたまにあるんですよ。鶏小屋の卵がなくなったり、干していた大根がなくなったり」

見張っていたら、盗っていく者は案外身近な者のことが多かったという。

耕之助の顔は、みるみる強張っていく。

「そんなこと考えたくないよ。みんないいひとたちだ」

「盗っていく者はなにも悪人ばかりではありませんよ。暮らしに困ってした者がほとんどでしたから」

そういや、そんな者は男も女も独り者が多かったなぁ、と長吉は思い出す。

塩問屋の家作の長屋は、身元のしっかりした者しか住まわせていないと話に聞いている。みんな所帯持ちだ。暮らし向きも安定している。独り身にしたって耕之助と――。

里久は青物の棒手振りの男の顔が浮かんだ。平助という名の、桃をからかった男だ。

「とにかくもう少し様子をみたらどうですかねえ」

民が言い、耕之助もそうすると言って雨の中を傘もささずに帰っていった。


その数日後のことだ。耕之助の家からとうとう着物までなくなってしまった。

引っ越しの祝いに置屋の女将さんから贈られた袷だ。

それを知らせたのは彦作だった。

「朝早くに堀に立っておられてのう。あんまりしょんぼりしていなさるもんで訳をきいたら、なくなっちまったって言いなさってのう」

せっかく仕立ててもらった着物がと頭を抱えて落ち込んでいたという。

里久はこの話を台所で民と聞いた。

朝餉が終わり、民は洗った器を戸棚にしまい、里久は店の小座敷に活ける躑躅の花を桶から選んでいた。

「あたしがもう少し様子をみろと言ったばっかりに」

民は責任を感じてつらそうだ。

「彦爺、こういうことは長屋ではよくあることなのかい」

里久にはわからなかった。耕之助はいまも長屋のひとたちを信じているに違いない。

里久だってそうだ。でも、実際なくなっている。

彦作は難しいのうと唸る。

「ないとは言えんがのう。長屋は、とくに裏店は助け合わんと暮らしていけん。井戸浚えや餅つき。火事のときは荷車に自分のとこだけじゃなく、隣の荷や幼子や、寝たきりの婆さんまで運んだりしてのう」

彦作は大水のときもだと話す。だから長屋の者の仕業とはどうものう、と首をひねる。

「わたしもそう思うよ。引っ越しのとき挨拶したけど、みんないい人たちだったよ」

「こう言っちゃあなんだがのう」

彦作は気を悪うせんでおくんなさいよと前置きし、里久たちが手伝いに行って目立ったのかもしれんと告げた。

「盗人だとしたら、坊ちゃんが物持ちだと踏んだのやもしれん。そういうところは目ざといでのう」

しかし彦作はこうも言った。

「そんでも、同じ長屋の同じ住人の家にそう何度も入るかのう」

住人だって用心もしようし、盗人にしたってそれだけ捕まる危うさは高まる。

「それに盗み方じゃが」

盗人ならそんな七面倒臭い盗み方をせず、酒でも米でも着物でも、いちどに根こそぎ持っていくのではないかと彦作は言うのだ。

「長屋の者か、盗人の仕業かようわからんが、そいつはよっぽど自信があるか、それとも恨んでいるか……いや、まさか耕之助坊ちゃんがのう」

こりゃあ、いらんこと言うてしもた。彦作はすまんのうとなんべんも頭をさげ、店へ出ていった。

「お嬢さん、どうしましょう」

耕之助になにかあったらと民はおろおろする。

「旦那さまのお耳に入れておかれたほうが。坊ちゃんの請け人なのですから」

「そうだね」

里久は赤い躑躅の枝をもてあそびながら、棒手振りの平助をまた思い出していた。

備前焼の壺(つぼ)に躑躅を活け、店の小座敷に飾る。切って残った枝葉を台所で片づけて、里久はそのまま奥のあるじ部屋へ行った。

「お父(と)っつぁま、お話があるのだけど」

民が言ったように、里久は耕之助の一件を父親に話した。藤兵衛は眉をひそめてしばし黙って聞いていたが、「長屋の様子をみてくるか」とつぶやいた。

「差配さんと証文を取り交わしたとき、外から見ただけだしな。今日の昼間にでもさっそく行ってみるとしよう」

「でもお父っつぁま、その時分ならまだ耕之助は仕事場から戻ってやしないよ」

「だからだよ。いないときになくなっているんだろ」

藤兵衛は、耕之助が留守にしている間の長屋を見るつもりらしい。

「お父っつぁま、わたしも連れていっておくれ」


その日の昼八つ（午後二時ごろ）過ぎ、藤兵衛と里久は耕之助の長屋へむかった。

桃は父親に待っていなさいと告げられ、素直にうなずいていた。

室町の通りは今日もにぎやかだ。

「こうしてお父っつぁまとふたりで出かけるなんて、久しぶりだね」

笑っても、やはり気持ちは重かった。藤兵衛に彦作が語ったことを聞かせているうちに、ふたりは多町に入った。

長屋の前に立ち、藤兵衛にそっと背を押されて、里久は木戸をくぐる。

路地に人影はなく、桶屋だろう、木槌の音だけがしていた。路地を奥へすすむ。耕之助の右隣の少し開いた腰高障子戸から、赤ん坊と添い寝するおかみさんの大きな尻が見えた。

「この時分はどこも昼寝をしているようだな」

「そうだね」

これじゃあ誰か来ても気づかない。

藤兵衛は耕之助の家の前で足をとめた。ぴたりと戸は閉まっている。が、中からゴトッと音がした。

「お父っつぁま」

里久は父親と顔を見交わした。

「うしろに下がっていなさい」

藤兵衛は娘を背に庇(かば)い、さっと戸を開けた。

男が棒を手に板敷きで仁王立ちになっていた。耕之助だった。

「お、おじさん、どうして」

あわてて棒を背に隠す耕之助だったが、藤兵衛のうしろの里久を見て察したようだ。

「ご心配をおかけして」

と耕之助は板敷きに手をついた。

「気にしなさんな。これも請け人の務めのうちだ」

「とにかく入ってください」

耕之助は藤兵衛と里久を中へ招じ入れた。

「なんで昼間っからいるんだよ」

「留守の間にほんとうに誰も来ないか確かめたくってよ」

どうやら耕之助もまた藤兵衛と同じことを考えていたようだ。そのうえ、もし怪しいやつが来たらふん捕まえて、着物を持っていったやつだと知れたら取り返してやろうと意気込んでもいたらしい。

「着るものといえばずっとお仕着せだったからな」

はじめて手にした、自分のために仕立てられた大事な着物だ。うれしくて、朝な夕なに眺めていたと耕之助は恥ずかしそうに話す。あの朝も眺め、仕事から戻ったときもまた眺めようと葛籠(つづら)の蓋(ふた)を開けてみたら、

「なくなっていた。あれだけはどうしても取り返したくてな」

仕事を抜け出し、かれこれ半刻(はんとき)(一時間)ほどこうして誰か来ないかうかがっているという。

「誰も来なかったのかい」

「ああ、里久たち以外はな」

「せっかく来たんだ。わたしもしばらく待ってみよう」

藤兵衛は「上がらせてもらうよ」と板敷きへ腰をおろし、里久も横へ座った。

「すっきりと暮らしているようじゃないか」

藤兵衛は狭い部屋をぐるりと見回す。

「あの夜具は買ったとき黴臭(かびくさ)かったんだよ」

里久は父親に耳打ちする。

「はは、そうかい。もうとれたのかい」

頭を掻いて、へい、と返事をし、茶でも、と立ち上がろうとする耕之助を藤兵衛は座らせ、三人は静かに待った。木槌の音はつづいている。隣からはおかみさんの鼾が聞こえる。便屋の風鈴が、ちりんちりんと近づいては遠ざかっていく。

「耕之助は誰の仕業か心当たりをつけてないのかい」

里久は鼾がするのとは反対の、左隣の壁に目をむけた。

耕之助は里久が誰を疑っているのか悟ったようだ。

「あいつじゃないさ」と言った。

「どうしてわかるのさ」

「里久は青菜の根元に土が入りこんでいるのを知っているか」

里久は知っていると答え、それがどうしたんだときいた。

「俺は知らなかったよ。洗い落とすのがけっこう面倒でな。ぞんざいにしたら、食べるときに口の中でじゃりっと嫌な音がしてよ」

「なにが言いたいんだよ」

里久は焦れた。

「うん。あいつは青物の棒手振りだろ。商いもんの菜についた土をひとつひとつていねいに洗い落としてから売りに行くんだよ。そんな手間を惜しまない男が人の物を盗むだろうか」

いや、しない。と耕之助は言い切る。

「そうならいいんだけど」

「しっ」

藤兵衛が短く言った。

足音が聞こえた。誰かが路地をこっちへやってくる。

三人は目配せし、視線を腰高障子戸に集めた。

耕之助がそっと立ち上がり草履(ぞうり)をひっかけ土間へおりる。里久は固唾(かたず)を飲む。

足音は耕之助の家の前でぴたりととまった。障子に男の影が映る。その影が濃くなったと思ったら、戸がゴトリと鳴って開いた。

「うわっ」

と叫んだのは平助だった。平助は仰天(ぎょうてん)し、天秤棒(てんびんぼう)を担(かつ)いだまま戸口から飛び退(の)いた。

やっぱりこの男が忍びこんで盗っていったのか。耕之助は信じていたのに。

このまま逃してなるものか。里久は捕まえてやろうと立ち上がった。が、藤兵衛に手首をぐっと摑(つか)まれた。娘を見上げる父親の目は「まあ、待ちなさい」と言っている。

逃げ去ったと思っていた平助が、開いた戸口からひょっこり顔を出した。

「いたのかい」

「いたらどうなんだい」

耕之助の声は硬い。

「なにかご用でしたかな」

藤兵衛が穏やかにたずねた。

平助は「そちらさんは」ときき返す。

「わたしはこの男の請け人でね。今日は娘に連れられて暮らしぶりを見に来たんですよ」

「ああ、あんたはあんときの威勢のいい娘っ子かい」

平助は里久を見て思い出したようだ。

「なあんだ。おらぁ、てっきり大和屋の旦那かと思ったよ」

平助は耕之助が大和屋の人間であることを知っていた。

「どうしてそれを」

耕之助の驚きに、平助は「そんなの長屋の連中はみぃんな知ってるぜ」と鼻を鳴らす。

「おめぇが引っ越してくる前の日だったかな。大和屋の奉公人だという者が来てよ、耕之助をよろしくって、主人からだと言って米切手(こめきって)を一軒ずつ配っていったからな。どうせ大(おお)店(だな)の若旦那の気まぐれか、親が少し苦労してこいだか言っての裏店暮らしなんだろ」

「あの親父(おやじ)が……」

耕之助には信じられなかった。

里久だってそうだ。大和屋重右衛門には家出した耕之助の行方を探すため、いちど会ったことがある。眉間に深い皺をいくつも刻み、米問屋の大店のあるじ然といった迫力のある男だった。耕之助の母を捨て、幼い耕之助を引き取るんじゃなかったと言った非情な男でもある。その男が息子のためにわざわざ奉公人を挨拶にやるなんて、まさに驚愕だ。

藤兵衛がやれやれと苦笑をもらす。

「いまさら親父面もできず、かといってほっとけもしない。無関心を装ってそっと米切手をってわけかい。相変わらず素直じゃないねぇ」

で、なにかご用だったのでは、と藤兵衛はふたたび平助にきいた。

そうだった。留守だと思って入ってこようとした平助だ。

「そうそう、こっちはこれをおめぇに渡してくれって頼まれたんだよ。放りこんでおいてくれってな」

平助は天秤棒をおろし、青菜が残っている笊のもう片方の笊から風呂敷包みをとり上げ、耕之助へ「ほらよ」と差し出した。

耕之助は受けとり、包みを広げて「うっ」と呻いた。

のぞきこんだ里久も「これは」と思わず叫んでしまった。

中にはなくなった着物が入っていた。

「どこでこれを頼まれたんだい」

耕之助は平助に詰め寄る。

「そ、そこの木戸だ」

包みを里久に押しつけ、飛び出していこうとする耕之助に、「もういねえよ」と平助は言った。

「そそくさと行っちまったからな」

「どんなひとでした。男でしたか、女でしたか」

「若い男だ。なんだよ、大和屋の手代かなんかと違うのか。同じ長屋だからって人に頼むなんぞ、ずいぶん横着な野郎だとは思ったがよう」

里久はきれいに畳まれた着物の間に紙が挟まっているのに気がついた。

「耕之助、これ……」

引き抜いた紙には短くこう書かれていた。

兄さん　ごめん　　富

「富って、まさか富次郎のこと？」

耕之助の弟である。

「どうして富次郎が――」

耕之助は紙を見つめたまま棒立ちだ。

「なんだなんだ、兄弟喧嘩かあ」

平助はおいらを仲立ちに使うなとおかんむりだ。

「まったくだ。お手間をとらせてしまいましたな」

藤兵衛が土間におり、詫びにと小粒を懐紙に包んで差し出す。が、平助はいらねえよ、と藤兵衛の手をやんわり押し返した。

「隣同士だ。まあ、困ったときはお互いさまってことだ」

じゃあな、と帰りかけた男は、

「あ、そうだ。この前の詫びにもらってくれ。残りもんで悪りぃけどよ」

と板敷きの縁へちょこんと青菜をのせた。

「平助さん、ごめんなさい」

里久は思い込みだけでひとを疑ってしまった己を恥じ、手をついてただただ詫びた。

「なんだよ、いらねえのか」

「そうじゃなくて」

「いるのかい、どっちなんだよ」

「いるよ」

「なら、そんな青菜に塩みてえになってねえで、おいらが商うこの菜っ葉みたいにもっとぱりっとしろよ」

藤兵衛が、ほら里久、と娘の背に手をあてがう。

里久はうなずいてにっこり笑った。

「平助さん、ありがとう」

「おっ、そっちのほうがずんといい。それに謝られるより礼を言われるほうがおいらは好きだ。とくに女子(おなご)にはよぉ」

じゃあな、と平助は隣に帰っていった。

路地に子どもたちの歓声が溢(あふ)れた。手習い所から戻ってきたのだろう。おかみさんたちの迎える声が響く。驚いて隣の赤子が泣きだした。おおよしよしと母親があやしている。長屋が昼寝から覚め、また動きだした。

翌日の朝、耕之助が丸藤に来たとき、里久と桃は庭の池の金魚に餌(えさ)をやっていた。奥座敷で耕之助が藤兵衛に騒がした詫びを入れているのを、ふたりで見守った。

座敷ではしばらく話がつづいていたようだが、藤兵衛が去り、ひとりになった耕之助を「こっちにおいでよ」と里久は呼んだ。

耕之助は庭下駄(にわげた)をひっかけて軒下から出てくると、まだ少し湿った空気を押し上げるように空にむかって、うんと伸びをした。金魚の世話かい、と近づいてきた耕之助の目は赤い。昨日は眠れなかったようだ。そんな耕之助の手に桃は餌の麩をのせてやる。

「おっ、ずいぶん池らしくなったな」

「まあね」

周りに植えた羊歯からつぎつぎと新しい芽が伸び、葉が水面に影をつくっている。どこから来たのか、あめんぼうも浮いている。睡蓮の葉を金魚がつつく。

「蛙もいるんだよ。姿は見えないけど、ときどき鳴いているからね」

うれしそうにする里久に対し、桃は気味悪そうに眉をひそめる。

耕之助はおかしそうに笑っていたが、ふっと目を池へ落とした。

「富次郎もどこにいるんだろうな」

昨日、里久たちが帰ってからすぐに大和屋に行ったという。

「勝手口から呼んだんだけどな、でも会っちゃくれなかった」

いまは大和屋から出て、ただの奉公人のひとりだ。勝手に母屋には上がれない。

「今朝も早くに訪ねたんだが、もう出かけちまった後でな」

どこに行っちまったんだとつぶやきながら、耕之助は麩をちぎって金魚に投げる。

どうやら富次郎は耕之助をさけているようだ。

「怒られると怖がって逃げているのかな」

それとも自分のしたことに怯えて隠れているのか。

「そこだよ俺がききたいのは。どうしてあんなことをしたのかってね」

三人は黙りこむ。どこかで虫の羽音が聞こえる。蜂だろうか。

「わたし、わかるような気がするわ」

桃が言った。

耕之助が池から視線を桃にむけた。なにも言わない。かわりに里久が視線の語っていることを代弁する。

「どうしてなんだい」

「富次郎さんの話を聞いたとき、わたし、姉さんが寝込んでいたころを思い出したの」

昨年の夏だった。里久は品川の浜やおっ母さんが恋しくて寝込んでしまったことがあった。なかなかよくならない里久を見かねて、両親は品川へ戻そうと覚悟したほどだ。

「姉さんのためだ。そのほうが姉さんだって幸せだ。そう、お父っつぁまやおっ母さまに言われて。わたしもそうだ、そのほうがいいって、自分を納得させようとしたわ」

でも、と桃は小さく息をつき、首をふった。

「姉さんがいなくなるかもしれないと思うだけで、寂しさはどうにも抑えられなかった。きっと富次郎さんもそうじゃないかしら」

「だがよ、俺は品川くんだりまで行かねえぜ。同じ江戸の、それも目と鼻の先だ」

「それでもやっぱり寂しいのよ。ずっと一緒に暮らしてきたんですもの。つらいことを一緒に耐えてきた仲なんですもの」

桃は伊勢町小町の微笑で耕之助に語りかける。

「きっと桃の言うとおりだよ」

あのとき、両親や妹がそんなにも心を砕いてくれたことを改めて知り、里久は自分の幸せを思う。富次郎は、こうやって心配している者のことをまだ知らない。早く知らせてやらないと。

「まったくあいつはどこへ――」

行ったんだと言いかけて、里久はある光景を思い出す。

さっきあるじ部屋にある枕時計が朝五つ（午前八時ごろ）の鐘を鳴らしていた。そろそろ店も開くころだろう。

「耕之助、今日は仕事はいいのかい」

「ああ、富次郎を探すから無理いって休みをもらってきた」

「そうか。じゃあ、わたしも番頭さんに頼んでくるから富次郎を迎えにいこう」

「迎えにったって。お、おい、もしかして里久は富次郎がどこにいるか知ってんのか」

「まあ、勘だけどね。きっといるよ。ひとりでしくしく泣いているんじゃないかな。桃も行くだろ。栗ぜんざいがおいしかったよ」

桃はあっと声をあげた。

魚河岸（うおがし）沿いの、魚問屋や卸商が集まる本船町（ほんふなちょう）に接した安針町（あんじんちょう）に、その店はあった。富次郎の行きつけの汁粉屋（しるこや）である。早いかと思ったが、もう暖簾（のれん）が出ている。格子窓（こうしまど）からそっと中をのぞけば、まだ誰もいない店内に富次郎だけが小座敷にぽつねんと座っていた。

「いるいる」

里久はうしろの耕之助と桃に、にっと笑う。

三人はそっと店に入り、富次郎がいる小座敷にどっかと座った。

うつむいた顔をはっとあげた富次郎は、向かいに座った里久と桃に驚き、ついで隣に座った耕之助を見て、「兄さん」と絶句した。

「おまえ、洒落（しゃれ）た店を知ってんだな。ここのおすすめはなんだい」

耕之助は富次郎へ明るくきく。

「いまなら葛饅頭（くずまんじゅう）だけど……」

これからの季節、この店では白玉に心太（ところてん）も品書きに加わるのだという。

富次郎はまだ注文してないようだ。

「じゃあ、それを四つ」

耕之助は奥へ注文を通した。はあーい、と小女が返事する。

「でも兄さんは甘いものは苦手だろ」

「そんなことねえさ」

しばらくして小女が運んできた。丸くつややかに光る葛の皮に、中の餡子が透けて見える。

「へえ、きれいだねえ」

里久はさっそく黒文字をとる。桃もいただきますと手を合わせる。

「わあ、すごくやわらかいよ。おいしいぃ」

「ほんとうねえ」

姉妹の声が弾ける。

耕之助も「たまには甘いもんもいいな」と口にする。

富次郎だけが食べもせず、饅頭を黒文字でつきつきしていた。

「早く食えよ」

「怒りに来たんだろ。昨日わたしを呼んでいた怒鳴り声でわかるよ」

饅頭を見つめたまま、富次郎はぼそぼそ言う。

「誰も怒っていねえよ。おまえは返してくれたじゃねえか」

「だからって、盗ったことには違いないさ。それも兄さんにとって大事なものだとわかっていてだよ。怒らないほうがどうかしている」

桃が富次郎さん、と呼んで饅頭の皿を置いた。

「どうしてあんなことをしたのか、耕之助さんに話してみたらどうかしら」

「そうだね。自分の気持ちは言わないと人には伝わらないよ。いくら兄弟だって、耕之助は富次郎じゃないんだから」

里久の言葉に耕之助はうなずく。

「そうだ。俺はおまえの気持ちが知りたいんだよ。教えてくれないか」

富次郎の目から涙がぽとり、と黒文字を握った手に落ちた。

「……置いてきぼりだと思ったんだ」

兄さんはわたしを置いていく。

「誰も置いていってなんかないさ」

「嘘だっ」

富次郎は涙でいっぱいの目で耕之助を睨んだ。

「兄さんはさっさと出ていったじゃないか。毎日楽しそうで、長屋が決まったら、とびっきりうれしそうで。ただの奉公人になったからって、なかなか会えなくなったのに、やっと話せたと思っても裏店の話ばっかり。わたしのことなんかこれっぽっちも――」

だから富次郎は耕之助の長屋からいろんなものを少しずつ盗んだと言った。

わたしはいるよ。こっちを見ておくれよ。それでも耕之助は弟の気持ちに気づかない。

富次郎はとうとう着物を手にとった。

「でもすぐに後悔したんだ。だから返しに行って、でも返せなくて」

ちょうど帰ってきた平助に頼んだという。

「なんどか長屋で見かけたからね」

耕之助は富次郎の気持ちを知って面食らっている。

「耕之助さん」

桃がなにか言ってやれと気をもむ。まったく世話の焼ける男だ。

耕之助は咳払いして、富次郎に膝をむけた。

「その、なんだ。俺はおまえを置いてきぼりになんかしてねえ。おまえ、俺の家に飯茶碗があったのを見なかったか」

富次郎は見たと答える。

「ふたつあったろ、ひとつはおまえのだ。おまえが長屋にいつ来てもいいように、飯茶碗も湯呑みも箸も、ちゃあんとおまえの分まで揃えてある」

里久は呆れた。ふたつの飯茶碗の訳をきいたとき、なにが「まあな」だ。桃の気持ちになって、どんなにやきもきしたことか。

「なんだよ、話さなきゃいけないのは耕之助のほうだろう。そういうことはちゃんと言うもんだよ」

　父と子はよく似ている。大和屋重右衛門だって「がんばれよ」のひと言で己の気持ちは伝わるものを。

「なんで里久に怒られるんだよ」

　耕之助はふてくされている。

　桃は安心したのか、気の抜けた顔をしている。

「兄さん」

　富次郎が耕之助にすがった。

「ごめんよ兄さん、ごめんよう」

　謝りながら泣いている。洟を垂らして優男が台無しだ。

　でもそうだね。富次郎ははじめて兄に駄々をこねたのだ。甘えることができたのだ。幼いころからつらい思いをしてきたのは耕之助ばかりじゃない。傷ついたのもまたしかりだ。

　耕之助ともども、癒えていってほしいと里久は願う。

「富次郎、いつでも遊びに来い」

　耕之助に背をなでられて、富次郎はうなずき、咽び泣く。

「よかったわねえ」

　桃は泣き笑いだ。

里久もまったくだと思った。

「ほら、いただこうよ」

里久の声に四人揃って皿をとり、甘くて涙で少し塩っぱい葛饅頭を堪能した。


後日のそろそろ夕方という刻である。

里久が店から奥へ戻ってくると、耕之助が庭が見える縁廊下に座って繕い物を桃から教えてもらっていた。お仕着せの袖が擦り切れて破れたようだ。

「桃ちゃん、ここんところはどうするんだい」

「ああ、そこは当て布をして縫うしかないわね」

里久は耕之助の手許をのぞく。ひとのことは言えないが、なんともおぼつかない様子だ。

「桃にしてもらったらどうだい」

「ええ、わたしもそう言ったんだけど」

桃はやさしげな眉をさげる。

「これぐらい自分でできねえとな」

耕之助はごつい手でぐさりぐさりと縫いながら、すぐに里久よりうまくなるぞと大口をたたく。

「おや、いま着ているのって」

耕之助は置屋の女将さんから贈られた袷を着ていた。

「やっと気づきやがったか。見せてやろうと思ってよ、一張羅だけど着てきたんだ」

どうだい似合うだろと自慢する耕之助に、里久も素直に褒めてやる。

「ところで平助さんとはうまくやっているのかい」

まあな、と言って耕之助は桃に糸止めを習う。

「けどよ、あいつの鼾がうるさくって寝れやしねえ。文句を言ってやったら、それはこっちの台詞だと抜かしやがる」

里久は大笑いだ。耕之助にとっては幼馴染み以外の、はじめての友達が出来たようだ。

「富次郎さんは元気にしてるの」

鋏を渡してやりながら桃が心配げにたずねる。

「ああ、しょっちゅう遊びに来るよ。今夜も来るんだ」

「まあ、だったらお民になにかお菜を用意させるわ」

「鰹のづけを拵えていたよ」

初鰹はべらぼうに高いが、四月も終わりに近づいたいまごろは、手ごろな値で出回っている。

耕之助の喉がごくりと鳴る。

「待っててね、用意するから。帰って富次郎さんと食べてちょうだい」

桃が「お民、お民」と台所へ走る。

「よかったな」

里久は庭下駄に足をおろし、廊下に腰かけた。

「なあ里久、俺もおまえのように新しい暮らしがはじまったんだな」

耕之助のまっすぐな眼差し(まなざし)に、里久は力強くうなずく。

「それにしても酷(ひど)いねえ」

繕い物の縫い目は呆れるほど大きい。

「うるせえやいっ」

里久と耕之助の笑い声が暮れかかる庭に響く。

池の金魚がぴしゃん、と大きく跳ねた。

第七章　再訪

「丸藤」の店を開けてまだ間もない時分だ。里久は店の小座敷で花を活けている。

店表から番頭と手代頭の話し声が聞こえる。手代がふたりになにやら問うているのも。格子窓に燕の影が飛ぶ。

五月になり、隣の蠟燭問屋の燕の巣に雛が孵った。着物は単に、床の間に飾る花も菖蒲となった。刀のような葉をしたがえ、紫の花がりんと咲いている。

里久の体が動くたび、畳に青い光が戯れる。里久はそっと髪の簪を外し、手にとった。銀のさざえと蛤。金の鮑。その周りに淡い青、深い緑の小さなビードロの玉がちりばめられている。窓から射しこむ陽にかざせば、海の底にいるようだ。清七がつくってくれた簪だ。里久は花器の水盤に面を映し、簪を髪に戻してにっと笑った。と、おはようございますと声がした。あれは——。畳を這って小座敷からのぞけば、まさに清七そのひとだった。

「おや、こんな早くにどうなさった」

番頭は急ぎの品はここんところなかったと思うが、と確かめている。

「へい、おっしゃるとおりで。注文が一段落したこの間に、里久お嬢さんの簪を拵えようと思いまして」

去年の十一月の酉の市に誘ってくれたとき、別の簪を挿している里久を見て、もうひとつかふたつ、おつくりしておけばよかったと言ってくれていた清七である。

「ご新造さまからも手があいたら頼むと言われておりやして。この時分ならご相談できるかと」

朝早くからおじゃましたのだと清七は言う。

「そりゃあいい」

お嬢さん、清七さんでございますよ、と番頭は小座敷を振り返った。

「なんです顔だけお出しになって。お嬢さんの簪をつくりに来てくれたんでございますよ」

早くこっちにいらっしゃいまし、と番頭は里久を呼ぶ。

「ささ、清七さんも上がってくださいな」

と清七を店座敷にうながした。

「清七さん、おはよう」

清七の前へ座った里久に、おはようございやす、と清七も挨拶を返す。

「簪を挿してくだすっているんですね」

清七は里久の髪の簪をうれしそうに眺める。

「なんたってお嬢さんのお気に入りでございますからね」

清七に振る舞い茶を運んできた長吉がしゃべる。

奉公人たちもよく似合うと口々に褒める。里久はどうにも照れくさい。でも気に入っているのはそのとおりだ。だからこれで十分だと里久は言った。

「それに、そういくつもは贅沢というものだよ」

おっ母さまからもらった簪だってある。そんな娘に番頭はほろりと笑う。

「女子なら、簪をつくってやると言われたら飛び上がってよろこびますものを。まあ、そこが里久お嬢さんらしいといいますか」

しかしやはりおつくりなさいましと番頭はすすめた。

「小間物商の、それも丸藤の娘という立場だから申すのです。さらに店にお出になっていらっしゃる。いうなれば店の看板娘でございます。いつも同じ簪では不味いというもの」

手代頭もうなずく。

「お客さまはお嬢さんをごらんになって、おや、洒落た簪を挿しておいでだ。つぎはここで誂えよう。と、こうなりますから。もっと身をかまっていただかないと」

「そうですとも。道ゆく人が振り返るぐらいなさいませ」

手代は途方もないことを言う。

「そんなぁ。桃のようにはなれないよ」

太い眉を思いっきりさげる里久に、みなは朗笑する。

「まあ、振り返ってもらえるかどうかは別としまして、その簪もふさわしい時季になったからお挿しなのでございましょう。身をかまうとは季節をまとうことに通じるのです」

番頭はこれも小間物の醍醐味なのだと里久に説く。

そんな番頭に清七はえらく感心する。

「さすが番頭さんだ。こちらのご新造さまも、里久お嬢さんが四季を楽しめるものをとおっしゃっていやした」

「おっ母さまがかい」

須万が小座敷に花を活けさせるのも、そういう理由があるのかもしれない。里久は母親の気持ちに思いを馳せる。

「わかったよ。清七さん、お願いします」

里久は飾り職人に頭をさげた。

店に客が訪れ、奉公人たちは「いらっしゃいましぃ」と出てゆく。

里久は清七とふたりで、どんな簪にするか話し合った。しかし、いざなにがいいかと、たずねられても悩む。

「はっきりとこんなものをって言うんじゃなくてもようございますよ。この簪のときは潮騒が聞こえるような、というご注文でございやした」

「そうだったねえ。いま思えば難しい注文をしたものだよ」

それから半刻（一時間）ほど、あれはどうだろう、これは、と話し合ったが、いい案は浮かばず、客が増えだしたのを潮に、

「そう急ぎやせん。また寄せてもらいやすので、ゆっくり考えてくださいやし」

と、清七は帰っていった。


それからというもの、店に出ていても客の頭の飾りが気になった。

番頭についての接客を終え、廻船問屋の娘を見送り、ずらりと並べて見せていた簪を桐箱にしまっているときも、びらびら簪を手にして、いままでこういうのをつけたことはなかったがどうだろうと、ちょっと髪にあてたりしていた。すると、

「おまえさんには似合わないよ」

野太い声が飛んできた。

はっと顔をあげた里久の前に男が立っていた。髪に白いものがまじった、年は五十ぐらいか。鋭い目で里久を見下ろしている。

「ようお出でくださいました」

里久はあわてて番頭仕込みの挨拶で男を迎えた。

「お嬢ちゃん、久しぶりだねえ」

きょとんとする里久に、男は不適に笑って顔を近づけてきた。

「わからないかい。ほれ、白粉の塗り方を教えてくれたじゃないか」

と小声で言って、己の頬を軽くたたいた。

「……えっ、加納屋さん？」

小網町三丁目に店を構える、奥川筋船積問屋加納屋のあるじであった。

以前の加納屋は女ものの着物をまとい、化粧をし、死んだ女房の形をして悲しみに沈んでいた。丸藤から売り出した「つやつや花白粉」がうまく塗れず、品物にけちをつけ、それならと里久が家まで白粉化粧のやり方を教えに行った経緯があった。

しかしいま目の前にいる加納屋は、もう女の形ではない。上物の越後縮に袖を通し、これぞ大店の旦那という風情だ。

加納屋は女を連れていた。

「死んだ女房の姉さんでね」

義姉で、下総から出てきているのだと話し、お竹だと紹介した。加納屋より少し若いぐらいか。

「それはようお出でくださいました」

　里久はお竹をていねいに迎えた。目許(めもと)の涼しい、鼻筋のとおった、上品でやわらかな感じの、うつくしいひとだ。

「まあ、なんてかわいらしいお嬢さんだこと」

　お竹は里久に目を細め、こんな大店で若い娘さんに迎えられるなんてと驚き、さすが江戸だと感心した。

「この娘がじゃじゃ馬なだけですよ」

　加納屋は、ふん、と鼻を鳴らす。こちらは相変わらず嫌味な御仁(ごじん)にかわりない。

「義姉(ねえ)さんになにか見せてやっておくれ」

　それとな、と加納屋は声を改めた。

「今日はこちらへ商談に来たんだ。丸藤のご主人にお会いしたい」

　加納屋は取り次いでいただけまいかと頼み、番頭は少々お待ちをと答えた。番頭の目をうけて手代頭が内暖簾(うちのれん)の奥へと消えた。

「これはこれは加納屋さん、しばらくでした」

　すぐに藤兵衛が店表にあらわれて、加納屋は挨拶もそこそこに、商いの話がしたいとくり返した。

「ではこちらの小座敷で。番頭もご一緒してよろしいですかな」

「もちろん」

「それと、娘の里久の同席もお許しいただけまいか」

これには加納屋は瞠目した。

「ほう、丸藤さんは本気で娘子に商いを」

加納屋はにやりと口端をあげ、

「ええ、ようございますとも」

お嬢ちゃんもおいで、と里久を手招きした。

藤兵衛もうなずく。

お竹は手代が店座敷に招き、相手をしている。長吉が振る舞い茶を出している。

里久は小さくうなずき返し、番頭のうしろから小座敷に足を踏み入れた。

藤兵衛と加納屋が向かい合って座し、番頭と里久は藤兵衛の傍らに控えた。

「わたしの商いの仕組みはおわかりだと思いますが」

みなが座敷に落ち着いたのを見計らって、加納屋が口火を切った。

里久も前に女髪結いの滝と桃から教えてもらい、奥川筋船積問屋のことは知っている。

江戸に近い奥川筋、武蔵や上野、下野に常陸、下総などのことだ。そこの産物の醤油や味噌、酒粕、油などを高瀬舟に積み、利根川を上ったり下ったりして江戸へ運ぶ。江戸で荷揚げされた品は艀舟でそれぞれの問屋へ送られる。伊勢町堀に艀舟が行き交い、建ち並ぶ蔵にこれらの品の多くが荷揚げされている。

荷を下ろして空になった高瀬舟は、奥川筋船積問屋がある堀に着けられる。船積問屋は奥川筋の河岸問屋からの注文を受けていた品を江戸の問屋から買い揃え、高瀬舟に積みこみ、こんどは江戸からの下り荷として奥川筋の郷へ運ぶ。その品々に口銭をとって、これを儲けとするのが奥川筋船積問屋、加納屋の商いなのである。

「しかし船積問屋も河岸問屋からの注文の品をただ仕入れて、運んでいるだけでよいというご時勢ではなくなりましてな」

江戸の品だからといって、いつまでもありがたがってはくれない。同じ品ばかりでは飽きもくる。目新しいものを、さらによいものをと求めるのは、江戸も遠く離れた地の客も変わらない。売れるものをと河岸問屋は求めている。

「いま江戸ではこれが流行っていますよと紹介するのも、わたしどもの大事な役目になっておりましてな」

いくら長い付き合いでも、そこに甘えていてはほかの船積問屋に乗り換えられるとも限らない。神経を研ぎ澄まし、なにが流行っているか、いい品はなにか、世間の動きをいち早く察知していかねばならない。難儀なことだと加納屋は苦い笑いをこぼす。

商いの複雑さや世知辛さに、里久は身震いをおぼえる。

「そこで本題なのだが」

加納屋は藤兵衛へ、ずいと身を乗り出した。

「取り引きのある河岸問屋に、おたくの『つやつや花白粉』の話をしたんですよ。そしたらぜひうちで扱いたいと言われましてね」

白粉につける肩掛けもずいぶんと褒めていましたよと追従する。

「ついては、わたしが間をとりもつよう頼まれまして。どうでしょう、こちらの白粉を卸していただけませんでしょうかねえ」

その品に文句をつけて怒鳴りこんできたことなぞ忘れたように、よい品というのは実証済みだ、これは丸藤さんにとっても悪い話ではないと加納屋の口はなめらかだ。

「なんたって、丸藤さんの名や品が関八州、いや、信州や越後にまで広まるんですから」

あまりの大きな商談に、番頭は「だ、旦那さま」と声を裏返す。思いは里久も同じだ。

船が丸藤の白粉を山と積んで利根川を往く姿をもう浮かべてしまう。

加納屋は番頭や里久の反応に満足げに茶をふくむ。長吉が奥の民から受けとり運んできた玉露だ。茶を茶托に戻して、どうです、と加納屋は藤兵衛に返事をうながす。

「ええ、とてもありがたい商談で」

「そうでしょうとも」

「しかし加納屋さん、うちは小間物商です。問屋と同じ商いとはまいりません。ですのでこのお話は」

　番頭の浮かせた腰がまた足の裏へおさまってゆくのとどっちが早いかというほど、加納屋は藤兵衛の断わりの言を遮った。

「まあそう結論を急ぎなさんな。丸藤さんは数のことを言っておいでなんだろ。それならできうるかぎりでいい。少ないならそれだけ価値も上がるというものですよ」

　間に立つ加納屋は、そのぶん口銭も余分にとるつもりだと目論む。

　さすが加納屋だ。やり手の商人を前にして里久は鳥肌が立った。と同時に、それならできるのではないかと色めく。しかし藤兵衛は数のことではないと返した。

「じゃあどういうことです」

　加納屋の問いかけは、そのまま里久の疑問でもある。

　お父っつぁまはなにを懸念していなさるんだろう。

　加納屋はこの場はいったん引いたほうが賢いと考えたのだろう。

「とにかく、いちどじっくりご検討願いますよ。お返事は改めて寄らせてもらったときにいただきますから」

　と述べて座を立った。

　店表では、加納屋の義姉のお竹が並べられた小間物をじつに楽しそうに眺めていた。

「義姉さん、なにか気に入ったものはありましたかな」

小座敷から出てきた加納屋は、お竹のそばに座り遠慮せずに言えと品に目を落とす。簪、櫛、笄、紅猪口が並んでいる。遠慮するなと言われても、ではこれをだなんて義弟になかなか言えるものではない。

「どれもよろこんでいただきましたが、とくにこちらのふたつのお櫛をお気に召していただけたようで」

手代が代わって加納屋に伝える。金地に菊が大小五つある蒔絵の櫛だ。菊は地の金のほかに、赤みのつよい葡萄鼠と瑠璃色だ。もうひとつは漆地の蒔絵で、萩が金泥で流れるように描かれている。ふたつとも華やかだが落ち着いていて、お竹の年齢の女にしっとりと合う。

「どちらも、とおってもお似合いでございますよ」

里久は満面の笑みで、よいお品を選んでくださいましたと褒めちぎった。

「口がうまくなったな」

加納屋は唇の端をゆがめる。そんな加納屋に、

「わたしはお世辞なんて言わないですよ」

と里久は言い返す。

「言わないんじゃなくて、言えないんでございます」

困ったものでございますと話す手代に、加納屋は屈託のない笑い声をあげる。

「だとさ、義姉さん。わたしもよく似合うと思うよ。どちらももらっておくがいいさ。遠慮はなしだ」

そんなあなた、こんな高価なものをふたつもだなんてと狼狽するお竹をよそに、加納屋はこれをいただくよと手代に言いつけ、里久についっと顔を寄せた。

「さっきの話だが、よい返事を待っているぞ」

里久に、にやりとし、じゃあまたなと帰っていった。

深々と頭をさげて見送っていた手代が、

「ずいぶん変わられましたねえ」

としみじみ言う。

「ほんとうだねえ」

里久もそう思う。眼光の鋭さはあるが商人のそれだ。前の、人を射抜くような険とは違う。それに声をあげて笑っていた。

「悲しみから吹っ切れたんじゃありませんかね」

ひと安心だと長吉が茶を片づける。

「そうだねえ」

そんなに容易なことではないが、加納屋は女房の死を受けとめたんじゃないかと、里久はぼんやりと思った。

その日の店の大戸を閉めたあと、里久は片づけていた白粉の包みをじっと見入った。

お父っつぁまはどうする気なんだろう。

加納屋が帰り、小座敷から出てきて奥へ戻ろうとしていた藤兵衛に、「やっぱり断わることになるのかな」と里久はきいた。藤兵衛は「さあ、どうしようか」とこの父にしては珍しく歯切れが悪かった。

「あのことをお考えでございますか」

いつまでも白粉を見ている里久を気にして、番頭が里久のそばへ膝をついた。

奉公人たちも加納屋が商談を持ってきたことは知っているものだから、自然と集まってきた。

「そうだね、おまえたちにも話しておいたほうがいいね」

番頭は加納屋からもたらされた商談の中身を奉公人たちに語って聞かせた。

「すごいじゃないですか。丸藤の品を他国へ広める絶好の機ですよ」

手代の吉蔵がもろ手をあげてよろこんだ。長吉もだ。

気乗りしないのは手代頭の惣介だった。

「数のことならできうるかぎりでいいと言われているのだよ」

番頭は先回りして告げた。しかし惣介は心配しているのはそこではないと言う。

「わたしどもが遠い地まで行って、直接お客さまにお売りすることはできないのでございます」

品は奥川筋の河岸問屋から小間物を商う店へと卸される。どんな店の、顔も名も知らぬ者に丸藤の品を託してよいものか。

「それこそ店の信用を落とす事態になりかねません」

惣介は心配するのだった。

番頭は満足げだ。

「旦那さまもおまえと同じ心配をされていてね」

「そうなのかい」

里久はそこまで思いが至らなかった。惣介はやっぱりすごい。

惣介の沈着冷静さと商いの道を見極める才に、里久は改めて驚かされる。

感心しきりの里久を見て、惣介はそればかりではないと厳しい顔つきのままつづけた。

「そもそも加納屋さんを信用できるのでございましょうか。いえ、女の格好をなさっていたから申すのではございません」

それが加納屋の亡き女房を偲ぶやり方だったことは、惣介も十分わかっている。それに女装する男はなにも珍しいことではない。市井の者も座興で俄芝居をするときなど、歌舞伎の女形よろしくやっている。女物を好んで着る者だっている。

「わたしは里久お嬢さんに無理難題を仕掛けた御仁だから心配するのです」

白粉化粧をしたことのない里久に、塗り方を教えに家まで来いと無理じいした者だ。そんな者に丸藤の品を任せてよいものか。

手代頭の意見に番頭は首肯(しゅこう)する。

「わたしはそこも旦那さまは気にしてらっしゃると思ったんだが、旦那さまは違う見方をなさっていたよ」

――わたしはね、あのことが里久に丸藤の品の確かさ、信用の大切さを気づかせたんだと思っているんだよ。言ってみれば加納屋の主人は、里久に商いというものを教えたひとりだ。

「そうおっしゃっていてね。だが加納屋さんの信用という点では、はっきりさせておいたほうがいい」

番頭は加納屋を調べたのだと話した。

「昼間お出かけだったのは、そういうことでしたか」

少し出かけてきますと行ったっきり、なかなか帰ってこなかった番頭だ。その間に番頭の贔屓客(ひいききゃく)が来て、吉蔵があわてていた。

「それはすまなかった」

で、どうでした、と惣介がうながす。

「それがねえ」

と言って番頭は加納屋が河岸問屋の注文を受け、江戸で買い調(ととの)えている品や店の名をあげていった。

「白粉は仙女香(せんにょこう)。紅なら玉屋(たまや)。袋物なら菱屋(ひしや)に――」

番頭の口からつぎつぎと出るお店の名に、奉公人たちは身をのけぞらせて驚く。

「どうしたんだい。仙女香はわかるけど」

いまひとつぴんとこない里久に、

「どのお店も江戸屈指の名店でございます」

手代の吉蔵が教える。

「そうなんですよ」

番頭も驚いたと嘆息する。

「河岸問屋の注文だからといって、おいそれと品を卸してくれるようなお店ではないからね。旦那さまに申し上げたら、そこはやはり加納屋さんの力あってこそだろうとおっしゃっておいでだったよ」

「では加納屋さんは信用できると」

番頭は惣介に「そうだ」と答えた。

「だとしても、うちの信用という点では問題ありだ。旦那さまは、いままでさまざまなことに挑んできたが、それはこの江戸の丸藤だからできたこと。この奉公人たちみんなが心を尽くし、客と向き合ってくれているから信頼を得ているのだとおっしゃってくださっていたよ」

「そうだね。丸藤の商いはお客さまに寄り添う商いだよ」

悩みに耳を傾け、親身になって相談にのっている。

「真心を持って売ることをいちばん大事にしているからね」

里久が藤兵衛や奉公人たちから身をもって教えられたことだ。いまでは里久の商いに対する大きな指針となっている。

「じゃあ、お父っつぁまの加納屋さんとの商談は難しいという考えは変わらないんだね」

番頭はそうだとうなずいた。里久自身もよく考え、得心した。これは正しい決断なのだ。しかし、なんともおしい。その気持ちも消えずに残った。

その日はお茶のお稽古日で、里久と桃は帰り道である本両替町通りを歩いていた。

燕が地面すれすれに飛んだかと思えば、白い腹を見せて五月晴れの空へ舞いあがっていく。よい日和に誘われたように、商家が連なる通りは人でにぎわっていた。荷を担いで商いをする者も多く、酸漿売りはとおりがかりの者を呼びとめ、子どもは金魚売りを指さして、買ってくれろと親に駄々をこねている。供についてきた長吉の「本家ぇ、烏丸枇杷葉湯ぅー」と枇杷葉湯売りの呼び声を真似ているのを聞きながら、里久は桃に加納屋がもう女の形をしていないことを話した。大きな商談を持ってきたこともだ。

「断わるんだけどね」

「姉さんはちょっともったいないと思っているでしょ」

桃は伊勢町小町の微笑を里久にむける。

「見もしない土地のおひとが丸藤の品を手にとってくれるんですものね」

江戸からの下り荷には筆に紙でしょう、と桃は歌うように品物をあげてゆく。

話していたら駿河町に入った。丸に井桁の紋が染め抜かれた長暖簾が、通りの先までずらりとつづく。江戸で知らぬ者はいない呉服屋の越後屋である。この町ひとつが越後屋というほどの大店だ。店座敷はもちろん、座敷縁にも客が腰かけ、手代と反物を広げている。

「いつ見てもすごい人ねえ」

桃が感嘆する。里久は感嘆どころか仰天だ。店座敷といっても、どれほど広いんだ。ずどんと向こうの通りまで見とおせるのではないか。奉公人の数も半端ではない。色とりどりの反物を抱えて小僧が走る。店の向かいから眺めているだけで、里久は目が回りそうだ。

絹物を扱っているのが本店。通りをはさんで、木綿や絽、紬を扱っているのが向店と呼ばれているのだと、桃が教えてくれる。

「反物も下り荷で運ばれる品のひとつなのよ」

「桃はなんでもよく知っているねえ」

へえ、と感心していたら、向店の店前でおたおたしている女が目にとまった。手代だろう、奉公人に声をかけているのだが、うまくいかないようだ。手代はあとからきた別の客に出てしまう。

「あれはたしか」

里久には見おぼえがあった。加納屋の義理の姉、お竹だ。

ちょっと待っててねと桃に言い置き、里久は通りを渡ってお竹へ声をかけた。

「先日お越しいただきました丸藤の里久にございます」

里久は小腰をかがめた。

「ああ、あのときの」

お竹は手巾(しゅきん)で汗をふきふき、よいところで会えたと安堵(あんど)の息をついた。

「反物を見せてもらおうと来てみたのだけど、どうにもこうにも」

気づいてもらえず、ほとほと困っていたとお竹は言い、助けてはもらえまいかと里久に頼んだ。

里久は、お安いご用ですよと胸をぽんとたたいて、店内へ声を張った。

「すいませぇん。こんにちはぁ。ちょっとぉ」

手をあげ、手をふり、それでも奉公人たちは前をとおり過ぎる。

「姉さん」

桃がうしろにいた。桃は長吉を先に帰らせたと告げ、お竹に里久の妹の桃だと名乗った。

「姉さん、いいかしら」

言うと桃は、すいっと店土間に立った。

「もし、反物を見せてくださいましな」

鈴を転がすような声に、手代たちがいっせいに振り返る。

いちばん近くにいた手代がすり足でやってきて、畳に手をつき、恭しく辞儀をした。

「お越しやす。へえ、もちろんでございます」

上方訛りで迎え、ささ、どうぞどうぞと店座敷に誘う。

そうか、ああ言えばいいんだね。里久が妹を真似て「もし、反物を」とぶつぶつくり返していたら、姉さんこっちよと桃が呼んだ。見れば桃とお竹はもう座敷に上がっている。

お竹は男物の反物を見せてくれと手代に頼んだ。

「義弟に仕立てようと思ってね」

「そらよろしおますなあ」

手代は、お竹から義弟の年を聞いて小僧になにやら言いつけた。小僧は「へーい」と返事をし、蔵へ駆けてゆく。じきに戻ってきた小僧の腕には、いくつもの反物が抱えられていた。

「こちらは薩摩上布。こっちは越後上布。それからこれは松坂木綿でございます」

手代はひとつひとつ広げ、それぞれのよさを述べてゆく。どれも上品な夏物だ。

どれがいいかしらとお竹は悩む。

「これなんてどうかしら。仕立てやすそうだし、義弟によく似合うと思うのだけど」

お竹は灰青の舛花色の松坂木綿を手にする。

「さすがお目がお高こうおます。よう肌に馴染む、ええお品でございます」

手代は大げさに合いの手をいれ、客をもちあげる。

里久には加納屋に似合うかよくわからない。見立てに慣れている桃にしたって、女の形をした加納屋しか知らない。しかしそこは桃だ。

「ええ、すっきりとして、落ち着いた色合いでいいと思います」

と、そつなく答えた。それでお竹も心が定まったようだ。これをもらうと反物を買い求めた。

「本当に助かりましたよ」

店を出たお竹は、礼がしたいからと姉妹を茶店に誘った。

「じつはね、江戸の茶店にも行ってみたかったの」

里久たちが気兼ねせぬようにだろう、お竹は茶目っけたっぷりに首をすくめてみせる。

桃を見れば、うなずく。

「じゃあ、お言葉に甘えて」

里久はさっそくあたりに目を走らせた。

「おっ」

角の木戸番屋の先に団子の幟がはためいていた。

「もう、そういうとこだけは目ざといんだから」

桃が恥ずかしそうに頬を染め、お竹は「おほほほ」と朗らかに笑い、里久たちは茶店の床几に腰をおろした。

お竹は興味深げに壁の品書きを読み、近くの客たちを眺める。

「あれはなんでしょうねえ」

お竹は斜め前の床几に座る女の手許を見つめる。女の手には小さな碗があり、中には白と赤のまだらの団子が見えた。桃が白玉だと教える。赤いのは生地に紅を混ぜ、白い生地と合わせてから丸めるのであんなふうになるのだという。

「江戸はなんでも凝ってますねえ」

「わたしもはじめて見たよ。かわいいね」

「冷たくした白玉に粒餡がかかっているんですよ」

「じゃあ、それをいただこうかしら」

「わたしもそれにするよ」

桃は注文をとりにきた小女に白玉餡を三つ頼んだ。

「ひやっこいねえ」

「もちもちしておいしいよ」

「今日みたいに暑い日にはいいわね」

三人でよろこんでいたら、お竹がふと、茶を飲みながらおしゃべりに勤しむ女たちに目をやって、「江戸はやっぱり違うねえ」と感じ入った。

「下総にも茶店はありますでしょう」

桃が不思議がる。

「そりゃありますけどねえ、わたいの若いころは人目が厳しくて。女子が気軽に入れなかった」

うるさく言う者もいない土地で、なにも気にせずこうやって茶店にいる。

「気持ちが晴れやかですよ。なんだかこう、若返ったよう。これも江戸見物に誘ってくれた義弟のおかげ」

この春先に文がきたのだとお竹は話した。

「大川の花火を見せたいからぜひ来いって。この年でお江戸見物なんてと迷ったけど、姑が留守をするのも嫁孝行というものでしょう。だから行くことに決めて返事を出して。そしたらだったら早く来いとまた文がきて」

お竹は愉快そうにほほほと笑う。

花火があがる川開きは今月の二十八日だ。端午の節句過ぎに出てきたというから、なかなかの長逗留だ。

「ええ、いろんなところに連れていってくれましたよ」

浅草寺や富岡八幡宮への参拝。

「おいしいものもたんといただいて」

「おやさしいですね」

女房が亡くなると疎遠になってしまうことも多いのにと、桃は加納屋を褒める。

「さあ、それはどうかしらねえ」

お竹の姉弟は男は弟が一人いるだけで、あとは女ばかりという。

「姉妹の中で、わたいがいちばん死んだ妹と顔がよく似ていてねえ」

義弟は女房になにもしてやらなかったと悔いていたから、女房の代わりにわたいに罪滅ぼしをしているのだろうとお竹は語った。

「それならそうで、生きているうちにしてやってくれていたらと腹も立つし、毎日贅沢三昧で妹に申し訳ないと思うしでねえ」

お竹は複雑な胸の内を明かす。

「妹さんの分まで、うんと江戸見物を楽しんだらいいんですよ」

里久はからりと言って、にっと笑う。お竹を江戸に呼んだのが加納屋のせめてもの罪滅ぼしというのなら、存分に楽しんであげてほしい。桃もあのときの加納屋を知っているので、姉の言葉に「そうしてくださいまし」と添える。

「ありがとう。わたいもそう思ってね」

それでもしてもらうばかりでは気が引ける。

「加納屋の女中と一緒に義弟の夏物の更衣を手伝っていたら、単をひとつ新調したほうがいいと思ってね。妹ならきっとそうするだろうって。川開きまでにはまだふた回り（二週間）もあるし、その間に仕立てる算段ですよ」

お竹は脇に置いた反物の風呂敷包みから目を表にむけ、眩しさに瞬いた。

越後屋の通りは変わらずにぎやかだ。ひとり、またひとりと、どこぞの内儀たちが吸い寄せられるようにつぎつぎと店内へ入っていく。

加納屋が丸藤に商談の返事を聞きに来たのは、それから四日後のことだった。

「で、いかがですかな。考えていただけましたかな」

店の小座敷に迎えた加納屋に、藤兵衛はよくよく考えたがと答え、申し訳ないと詫びた。

藤兵衛にならい、同席する番頭と里久も頭をさげる。

「こんなよい商談を。あの白粉に肩掛け、売れること間違いなしというのに」

正気かと加納屋は再度たしかめる。

「やはりどうも卸しっぱなしで、売り手も買い手も見えないというのがね。それはうちの商いじゃない」

藤兵衛の断わりの言に加納屋は肩を揺する。

「売れればそれでよいものを。欲がない。だがそこに重きをおくからこそ、おたくの店の品が欲しかったのも事実だ」

加納屋は至極残念がる。

里久は帰る加納屋を店先まで見送った。

「そういや茶店に付き合ってくれたんだってな。義姉さんがうれしがっていたよ」

茶店での楽しい刻(とき)を思い出し、里久はお元気ですかとたずねた。

「それがいま寝込んでいてな」

「どこかお加減でも」

あんなにおいしそうに白玉を食べていたのに。里久はひどく心配した。

太い眉をさげる娘に、加納屋はいやいや、と手をふる。

「どこが悪いわけではない。医者は疲れが出たんだろうとさ。黙ってあちこち出歩いていたようだしな。なんせ好奇心旺盛なおひとだから」

案じるなと加納屋は言う。

それを聞いて里久はほっとした。しかし慣れない土地で寝込むのはさぞ心細かろう。

「あの、お見舞いにうかがってもよろしいですか」

「そうしてくれるかい。よろこぶよ。おまえさんをいたく気に入ったようだからな」

明日、さっそく行くと告げる里久に、加納屋は待っているよと帰っていった。


翌日、外回りに行く手代頭の惣介に伴われ、里久は約束どおり小網町の加納屋を訪れた。見舞いの品は桃が買ってきてくれた蕨餅だ。

加納屋が出てきてじきじきに奥へ案内する。前にも白粉の塗り方を教えに来たことはあるが、とおされたのは中庭に面した部屋だった。風が入るよう葭簀戸が開け放たれている。立派な床の間に違い棚もある。客間のようだ。そこにお竹は布団を伸べて臥せっていた。

お竹は里久を見るなり顔をほころばせた。痩せてもおらず、顔色もよい。里久はほっとした。やはり疲れが出たのだろう。

お竹はもう寝ていなくてもいいんだが義弟がうるさくてねえ、と加納屋をちらと見て半身を起こした。

「よく来てくれましたねえ」

やさしい娘だと褒めるお竹に、加納屋は「やさしいもんか」と口をひん曲げた。

「商談を断わられたんだからな。品物を卸してくれないいんだよ。まったく相手の河岸問屋になんと伝えればいいか、いまから頭が痛いよ」

　女中が里久からの見舞いの品だと蕨餅と茶を運んできた。

「桃がね、これなら喉をとおるんじゃないかって持たせてくれて」

「まあ、ありがたいこと」

　じゃあごゆっくりと言って、加納屋は女中が下がるのと一緒に店表に戻っていった。

「まったく毎日忙しないこと」

　廊下を遠ざかってゆく加納屋を見つめ、お竹は呆れる。

「船は着いたか、着いたら着いたであそこの品は入ったか、ここの品はまだかって、そりゃあきりきりして。この様子じゃあ、妹もやすまらなかったでしょうよ」

　お竹と妹のおせんとは五歳違いだったという。

「幼いころから体が弱くて。だから江戸への嫁入り話がきたとき、わたいはきつく反対しましたよ」

　心根のやさしい妹だった。気もよく合ったとお竹は昔を懐かしがり、結局江戸に嫁いでいってしまったと寂しがった。

「文のやりとりはしていたんですよ。それでも近くにさえいれば、なにかと助けてやれたものを。自分の着物も始末して、爪に火を点すように暮らしていただなんて、わたいはちっとも知らずにいましたよ」

里久は飲んでいた茶から唇を離し、まじまじとお竹を見つめた。

どうしてお竹がそこまで知っているのか。

お竹は里久の胸の内がわかったようで、

「妹の部屋に入ってみたんですよ」

と中庭へ目をやった。

里久も庭を振り返った。中庭にそって廊下をすすめば奥庭があり、おせんが使っていた離れがあった。

「茶店に付き合ってもらったとき、あそこでおしゃべりしたり、呉服屋に入っていったりする女たちを眺めてみたのだけど」

しかしいくら眺めても、お竹は江戸の大店のお内儀になった妹の姿を思い浮かべることはできなかったと話した。

「別れたのは十五の年だもの」

思い出すのはまだ幼さの残る、咲きかけた花のような妹の姿だ。

「そっと部屋に入って、箪笥を開けて。着物や帯を見れば、ああ、こんな色柄が似合う女になっていたんだと、少しは姿を思い描けるかと思ったんですよ」

しかし手にとる着物はどれもこれも継ぎが当たっているものばかり。わかったのは倹しい暮らしをしていた妹だった。

「でもね、鏡台に紅や白粉を見たとき、ああ、あの子もこの鏡にむかって化粧をしていたんだなって、やっと大人の妹に会えたような気がしてね」

化粧の品も道具も使い古したものばかりだったけど。そう言ってほほ笑むお竹の目に、うっすらと涙が滲む。

化粧の品にはそんな力もあるのか。里久は気づかされ、せつなさとともに、よろこびをしみじみと嚙みしめる。

それからふたりして蕨餅を食べた。たっぷりのきな粉に黒蜜がかかっている。おいしいねえと舌鼓をうっていたが、

「そういや鏡台にひとつだけ新しいものがあった」

とお竹がつぶやいた。

「つやつや花白粉っていう」

「うちの白粉なんですよ」

「するとなにかえ、義弟がそちらさんへ捻じこんで、おまえさんを困らせたっていうのは、あのお品かえ」

里久はぶほっと蕨餅のきな粉に咽せた。

「あれあれ」

お茶をお飲みと茶碗を渡され、里久は胸をたたきながら茶を啜った。

「大丈夫かえ、ああ、びっくりした」

「ごめんなさい」

しかし驚いたのはこっちのほうだ。おせんの着物のことだけじゃない。

「そのこともご存じだったんですか」

「おまえさんたち姉妹はほんにやさしい。すべて承知で江戸見物を楽しめとすすめてくれたのだねえ。それに聡(さと)い。義弟やわたいの外聞を思って、黙っていてもくれたのだろ。でもここの女中はおしゃべりでねえ」

女中は義弟が丸藤へ怒鳴りこんだことも、それ以前から奇行をくり返していたことも、お竹にご注進したのだと教えた。

「妹の形(なり)をして、化粧までして町をうろついていたって」

「それは違います」

里久はきっぱりと首をふった。

「いえ、違わないのだけど」

里久は奇行とひと括(くく)りにされてしまうのが嫌だった。

「加納屋さんは、そうやってご新造さんを偲んでおられたんです」

それになにも体面を思って黙っていたのではない。

「誰しも悲しみ方は同じじゃないから」

もう女房はいないのだと少しずつ受けとめていった。あれが加納屋のやり方なのだ。それを他人がどうこう言うものではない。

「そう思ってくれるのかえ……ありがたい」

お竹は里久の手をとって、己の額につけるほど深く頭をたれた。それからふと気づいたように顔をあげた。

「さっき義弟が商談を断わられたって言ってたけど、品はその白粉なのかえ」

里久はうなずき、お竹はそうかいと残念がった。

「ご期待に添えなくてごめんなさい」

「いいんですよ。鏡台で見たものだから妹が使っていたように思えてね。下総でも買えたら姉弟にも見せてやれるとちょっと思っただけ」

里久はなんと言ってよいやら。丸藤で買ってくれと言うしかない。

「そうだね、嫁にも江戸土産(みやげ)に買っていってやりましょう。それにしてもお江戸のひとは白粉を薄くつけなさるのだねえ」

お竹の土地ではもっと濃くつけるのだという。

「化粧の好みもあるようだけど」

里久は以前に桃に教えてもらい、そして里久自身が加納屋に教えた塗り方をお竹に聞かせた。

「塗ってから半紙で余分な粉をとるのかえ」

お竹は驚きで目をぱちくりさせる。

「わたいのとこの小間物屋も、担ぎで売りに来る者も、何度も塗り重ねろと言いますよ」

どこの店の者も似たり寄ったりだと告げる。

惣介の言ったとおりだ。

里久は手代頭の心配はあたっていたと確信した。もし商談をうけていたら、買った者は「どこがつやつや花白粉だ」と、いつかの加納屋のように怒っていただろう。

でも、このままでいいのだろうか。

里久はへえ、ほう、とまだたまげているお竹を見つめる。

濃い塗り方しか知らない女たち。そんな白粉化粧を好きではない女もいるだろう。悩んでいる女も。

もっと別の塗り方もあると教えたい。伝えられたら――。

「そうそう、江戸土産といえばこれも買ったんですよ」

お竹は布団から這い出し、床の間に置かれていた風呂敷包みを引き寄せた。

「義弟には内緒ですよ。黙ってひとりで出かけたのがばれてしまう」

加納屋はとっくにお見とおしだとは知らず、お竹は包みを広げる。

出てきたのは錦絵だった。役者絵だ。みな見得を切っている。

「芝居に連れていってくれる約束なのに、あのとおり忙しいおひとでしょう。いつになるやらで、錦絵だけでもと思って絵草紙屋に並んだんですよ」

お竹は、わたいは芝居好きでねえ、と絵を里久に見せながら演目を熱っぽく語る。

「わたいの土地でも旅役者が来たら、掘っ立て小屋みたいな芝居小屋がつくられましてね。幼い妹たちとよく一緒に観に行ったものですよ。あとで真似っこして遊んだりしてねえ」

お竹は「ああ、芝居を観ているようですよ」と錦絵にうっとりだ。「こうかえ」と描かれている姿を真似て、つぎつぎと見得を切っていく。

「あははは、似てる」

うまいうまいと手をたたいていた里久だったが、真似ているお竹と錦絵とを見比べているうちに、はっとした。

「観ているよう……真似る」

どうして気づかなかったんだろ。眉化粧のとき刷り物を拵えたじゃないか。顔の形にどの眉が合うかと記したものだ。こんどもあれをすればいいじゃないか。

娘たちは「わたしは丸顔だから細く三日月のようにですって」「わたしは面長だから、少し太くよ」と己の輪郭に合った眉を知り、描かれた眉の形を真似ている。

そうだよ。これこれ。胸が湧き立つ里久だ。が、次第にそんな容易なことではないと知れた。娘に眉の剃り方や描き足し方をたずねられれば、丸藤の奉公人たちで教えていた。

その奉公人たちがいない土地での商いなのだ。加えて白粉化粧は眉化粧より複雑だ。商談を断わった理由がふたたび里久に立ちはだかる。

里久は錦絵にぐっと見入る。

お竹は絵を畳に並べて「でもねえ」と嘆いた。

「欲を言えば同じ芝居でも、もっと違う場面もたくさん描いてほしいものですよ。そうしたら芝居を観に行けない者も、錦絵を見れば筋がわかるというものでしょう」

「お竹さん!」

ああ、なんていいことを言いなさるんだろう。

里久はお竹の手を強く握りしめ、大きく揺すった。

そうだよ。やはり絵だ。絵をもっと、もっと――。

「お竹さん、ありがとう」

おやおや、まあまあと戸惑うお竹にいとまを告げ、里久は立ち上がる。

「もう帰るだって。どうした、そんなに急いで」

履物へもどかしげに指をとおす里久を、腹でも減ったかと茶化す加納屋だ。

「あの、その、人に託しても丸藤らしく売れるかもと思って」

とたんに加納屋の目が鋭くぎらりと光る。

「なにか思いついたのか」

「まだできるかどうかわからないけど」

「よし、来い」

加納屋は里久を荷揚げ場へ連れていき、船頭に声を張った。

「おい誰か、このお嬢ちゃんを伊勢町の丸藤まで送ってさしあげろ。大事なおひとだ。くれぐれも粗相のないようにな。早く！」

加納屋は手代頭が迎えに寄ったら、先に送り届けたと伝えると言って里久を舟にのせた。

「しっかり摑まっていておくんなさいよ」

船頭が叫ぶ。舟の速いこと速いこと。

第八章　姉妹

　里久は「丸藤」に戻るとすぐに、番頭を伴ってあるじ部屋へと急いだ。

「眉化粧のときのようにでございますか」

　番頭は里久から刷り物の案を聞き、その手があったかと膝をうった。

「でも待ってくださいまし。あれはお顔の形に合う眉を描き連ねてますが、つくり方までは。それこそ、奉公人たちがお教えしております」

「さあ、そこだ」

　大事なところにすぐさま気づく。さすが丸藤の番頭だ。

「刷り物といっても、わたしが考えているのは錦絵（にしきえ）なんだよ。きれいに化粧をした女のひとを描くんだ」

「美人画の引き札（ふだ）ということでございますか」

番頭は、それならすでに仙女香がやっていると言う。江戸で人気の白粉だ。きれいに化粧をした女の傍らに仙女香の品が描かれている。仙女香を使って化粧をしている場面を描いているものもある。加納屋も扱う品だ。

しかし里久が考えているのは、またそれとは違う。

「うちは、美人画に白粉の塗り方の手順を細かく説く絵をつけるんだよ」

「それを見たら塗り方がわかるということかい」

藤兵衛がきく。

「そうそう。こうしたら、つぎはこうとかね」

描く手順の絵を見ながら使う者は化粧をしてゆく。

「女のひとが白粉を溶かしている。顔につけ、指先で広げてゆく。つぎに刷毛の先に水をつけ、さらに伸ばす。光沢が出てきたら半紙を顔に当て、紙の上からふたたび刷き、余分な白粉をとり、落ち着かせる。仕上げに粉白粉を薄くつければ出来上がり。もちろん絵と一緒に指南書のような文もつけるつもりだよ」

仙女香には錦絵や、効能を刷った引き札や畳紙がある。しかし、手順を細かく記したものはないのではないか。

「美人画と引き札と、指南書をあわせたような錦絵か」

藤兵衛はなるほどと腕を組む。

旦那さま、と番頭はあるじににじり寄った。

「それなら、遠くの方にも丸藤の品を安心してお売りすることができるのでは。きっとよさもわかっていただけましょう」

藤兵衛は返事もせず、畳の一点をじっと見つめ思案に暮れている。

「お父っつぁまはやっぱり反対かい」

「そうなのでございますか」

番頭は動揺する。

藤兵衛はちらりと里久を見た。その目に懸念の色が浮かんでいた。

あぁ、お父っつぁまは案じていなさるんだ。里久にはわかった。

「お父っつぁま、わたしは忘れたわけじゃないよ」

丸藤の白粉は、女形や錦絵に描かれた美人のようになりたくて塗る白粉じゃない。自分らしくきれいになるための白粉だ。以前、下絵描きの茂吉が白粉につける肩掛けの絵で悩んでいたとき、里久が茂吉に言った言葉だ。里久自身もあのとき気づいた大事なこと。

あのとき、お父っつぁまもこう言いなさっていた。

白粉はそのひとのきれいさを引き出す手助けをするものだ、と。

「わたしはどうにかして伝えたいんだよ」

白粉の塗り方もいろんな塗り方があるってことを。

「絵の手順を見て真似（まね）て、こんな塗り方もあるんだと知ってもらう。そして後々、自分好みの化粧を見つける手助けになればと願っているよ」

　藤兵衛の目許（めもと）がふっと和（やわ）らいだ。

「ならいい。わたしも賛成だ。はじめての土地で江戸と同じやり方では通用しないからな。客のほうだって丸藤の品をはじめて目にする者ばかりだ。里久の案は品を手にとるきっかけとなるだろうよ」

　いいか、里久、と藤兵衛はあるじの顔になり娘を呼ぶ。

「おまえも言ったが、描こうという手順はあくまでひとつの例だ。しかし丸藤の白粉で化粧するなら、いちばんおすすめする塗り方だ。これは大事にしたい。だから絵でいちばん伝えるべきは手順だ。そこのところは忘れてくれるな」

「わかってる。美人画は華美に走らず、この白粉で手順どおりに塗ったときの見本。そう考えているよ」

「売り方は違っても、志はかわらないってことでございますね」

　番頭は頼もしげに主人とその娘を見つめる。

「だとしますと、美人画はそう大きくないほうがよろしゅうございますか」

「ああ、そうだな」

　藤兵衛は紙の上半分を美人画、下半分を手順の絵と指南の文字に割（さ）くことを命じた。

「番頭さん、店が閉まったらみんなを集めておくれ」

「はい、旦那さま」

その夜さっそく店座敷に奉公人一同が集められ、藤兵衛から加納屋との商談をすすめる旨が話された。里久が考えた案も番頭の口から知らされる。

「白粉の塗り方の手順を絵で」

さすがお嬢さんだ、妙案だと奉公人たちから賛辞が飛ぶ。

「お竹さんから役者絵を見せてもらってね、そのときにお竹さんの言ったことが手がかりになったんだ」

――もっと違う場面もたくさん描いてほしいものですよ。そうしたら芝居を観に行けない者も、錦絵を見れば筋がわかるというものでしょう。

「みんなお竹さんのおかげだよ」

なるほどと奉公人たちは感心する。それで一刻も早く帰りたかったのですね、と加納屋に迎えに寄った手代頭の惣介が笑う。

「美人画を上半分にだけ描くのはお父っつぁまの考えだよ」

里久はあるじ部屋でのやりとりも奉公人たちへ伝える。

奉公人たちは、さすが旦那さまだとまたひとしきり感心だ。

「旦那さま、絵はどなたにお頼みになるので」

番頭が問う。

「そりゃあ、丸藤の絵といえば」

藤兵衛は奉公人たちを見回す。そこにいる者たちがいっせいに同じ名を呼んだ。

「茂吉さん！」

藤兵衛は呵々大笑（かかたいしよう）だ。番頭もさようでございますねと納得する。

「茂吉に絵を頼むということで決まりだな」

あのぅ、と手代の吉蔵が手をあげた。

「その絵のことでございますが。見本といいましても、やはり化粧の品でございますから」

うつくしい女（ひと）に越したことはないと言う。

「そうだねえ」

惣介も同意する。そして唱えるようにぶつぶつとつぶやく。

自分らしくきれいに、ひとのきれいを引き出す手助けをする。そして見本となると……。

「そうしますと、どんなお女を描くかが肝心になってきますね」

「どういうことだい」

里久には惣介が言わんとしていることがわからない。

「わたしは、町で見かけるような方がよいように思うのです。近しいのだけど、とおり過ぎて、あらっ、と振り返ってしまうような、うつくしいお女」

そんなお方を描けば、わたしもあの女をお手本にやってみようかしら。できるんじゃないか。そう思って手にとっていただけるのではないか。まさに見本です。と手代頭は言うのだった。

「はあぁ、やっぱり惣介は考えることが違うねえ」

さすが丸藤の外回りを一手に引き受けているだけのことはある。

で誰を？　となったところで長吉が、

「そんなの、桃お嬢さんしかいらっしゃらないじゃないですか」

と弾んだ声を響かせた。みなも桃しかいないと大きくうなずく。

たしかにうってつけだ。なんたって誰もがふりむく伊勢町小町(いせちょうこまち)だ。

しかし里久は「だめだよう」と太い眉をさげる。

「目立つことを嫌がる桃だよ」

錦絵に描かせてくれと言ったときの桃の引きつった顔がすぐに想像できる。

「ねえ、お父っつぁま」

藤兵衛もそうだなあ、と顎をなでる。

奉公人たちは「ですよねえ」と肩を落とす。

「今日はもう遅い、その件はまた明日考えよう」

藤兵衛が座を立ち、その夜の話し合いはお開きとなった。

翌日、下絵描きの茂吉をさっそく呼び出し、番頭から錦絵のことを話して描いてくれるよう頼んだ。

「ほ、本当にわたしでよろしいので」

茂吉は思いもよらぬ申し出に何度もきき返す。奥から出てきた藤兵衛に「頼みましたよ」と言われてやっと、現(うつつ)のことだと信じたようだ。藤兵衛が奥へ去り、番頭から絵の細々(こまごま)とした注文を聞いているうち、顔は興奮で赤みを帯び、目は真剣そのものとなった。

「なるほど。さすが丸藤さんだ」

茂吉はもどかしげに懐(ふところ)から手帖(てちょう)を取り出し、矢立(やたて)の筆で絵の割り付けをしていく。

「そうそう、旦那さまがおっしゃっていたようですよ。ではそれでお願いします」

暖簾(のれん)が揺れて客が来た。番頭はあとは手代頭と話を詰めてくれと言って、そそくさと出ていった。吉蔵、と手代を呼んでいる。長吉は振る舞い茶を淹(い)れに釜場(かまば)へ急ぐ。

「そうしましたら手順は教えてもらって、流れをなん通りか描いたのを見てもらうとしまして、美人画はどんな感じをお考えで」

手帖から顔をあげた茂吉の前に、里久と惣介の困り顔が並んだ。

「桃をね、考えているんだよ」

「それはようございます」

ぴったりだと茂吉も言う。

「だろう。けどねえ、茂吉さんも知ってるだろ。桃が目立つことを嫌がるの」

頼みかねているという里久に、茂吉はそうでございましたと残念がる。

しかし考えれば考えるほど、桃よりふさわしいひとはいないと思うのだ。

「わたしもそう思います。やはりお頼みしてみましょう」

惣介は当たって砕けろだと里久の背中を押した。

「いま？」

「いまです」


桃の部屋をのぞいたら、桃は三味線(しゃみせん)の手入れをしていた。

「そっか、今日はお稽古(けいこ)の日だったね」

あら姉さん、と振り返った桃は、薄い黄はだ色の地に桔梗(ききょう)だろうか、小花をちらした単(ひとえ)をまとっている。なんとも涼やかで、白い顔は艶(つや)やかにほんのり光っているようだ。

里久は「ほう」と吐息をもらす。

「桃はやっぱりきれいだねえ」

「なによ、姉さんたら」

きゅっと軽く睨んで、恥ずかしそうに微笑む姿もなんともうつくしい。

やっぱり桃しかいない。

「あのさ、桃に折りいって頼みがあるんだけど」

里久は部屋に入り、桃の前に膝を揃え、加納屋の商談を受けるための案を妹に話した。

「でね、そのぉ、桃を錦絵の美人画に描かせてもらえないかなぁと思って」

里久の声はだんだん小さくなる。比べて桃の目は驚きで大きくなる。心の揺れをうけ、瞳まで揺れている。が、それもじきにおさまった。黙って束の間なにやら考えていた桃だったが、

「いいわよ」

と答えた。聞き間違いか。里久は己の耳を疑った。

「えっ、いま、いいって言った？」

「ええ、絵に描いてもいいわ」

どうして、と言いかけて里久はやめた。それよりも気が変わらぬうちにだ。

「ありがとう桃。じゃあさっそく」

里久は桃の腕をとり、店表へと急いだ。

「よろしいのでございますか」

番頭は驚きながらも「ありがとうございます」とよろこんだ。ほかの奉公人たちも声をあげている。善は急げということで、小座敷で桃を取り囲んでの茂吉と惣介、里久との話し合いがはじまった。

「どんな絵にするかが肝心なんだよね」

里久は惣介に具体的にどんな絵を考えているのかきいた。

「わたしもまだはっきりとは。なんといいますか、うつくしさと言っても、さりげないうつくしさと申しましょうか。親しみやすいことも大事なことですので」

そんな絵をと惣介は茂吉に注文する。

「難しいことを言いなさる」

茂吉はむむっと唸って筆を持つ手を眉間にあてる。

「茂吉さんはさ、芸者じゃないときの亀千代さんを、どんなときにきれいだなあって思うもんなんだい」

柳橋の売れっ妓芸者である亀千代は、なんとこの男の女房である。

里久の問いに照れ性の茂吉は真っ赤になり汗をかきながらも、「あいつはいつもきれいなもんで」と惚気る。

「そんなことわかっているよ。しいて言うならだよ」

「す、すみません」

ずんぐりした体を縮めた茂吉は、そうですねえ、と天井を仰いだ。

「しいて言うなら……飯をよそっているときでしょうか」

答える茂吉に惣介は、

「そう、そのさりげなさですよ」

と我が意を得たりと膝をたたく。

「じゃあ、飯をよそっている桃を描くのかい」

惣介は、それではあんまり所帯じみていると首をふる。

燕がチュイチュイ、チチチッ、と鳴きながら格子窓の外を飛んでいった。

「どうです、よい時季でもございますし、お庭など歩く姿を描くというのは」

茂吉はまた手帖にこんなふうに、と下絵を描いてゆく。

惣介は里久を見て、異存はないとうなずいてみせる。里久も同じだ。

「中庭はどうだい。そこなら人目もないし、桃も安心だろ」

ええ、とうなずいた桃だったが、見入っていた手帖から顔をあげ、あの、いいかしら、
と里久と惣介にたずねた。

「錦絵は、わたしが描かれるものしかないのかしら」

「そうだけど。どうして」

里久は妹にうなずいた。やっぱり嫌になったのだろうか。

しかし桃は里久が考えてもみなかったことを口にした。

「塗り方の手順も絵にするんでしょ。むしろそっちのほうが大事なのよね」

「そうだよ」

さすが桃だ。よくわかっている。

「だったら、肌地の白いわたしの絵とは別に、そうでないひとの絵もあったほうがいいんじゃないかしら。だって塗り方はだいたい同じだけど、塗る前のコツがあるでしょう」

桃は、肌地がそれほど白くない者は、はじめに額の上、首筋、耳のうしろ、それぞれの髪の生え際へ粉白粉をすり込んでおくのがいいのだと話した。

「乾いた刷毛を使って、髪の少し奥の地肌まではたき込むように。そうしておけば、白粉化粧をしても、顔だけ白く浮く心配はないの」

自然に見えるのだという。

「ということは、里久お嬢さんを描いた錦絵もつくったほうがいいと」

「わたしはそう思うのだけど。どうかしら」

「それはまことによい案でございます」

そこまで考えがおよばなかった。さすが桃お嬢さんだと惣介はいたく感激する。

「ちょっと待って、桃はいいよ。でも誰もわたしのことを、あらっと振り返ったりしないよう」

「親しみやすさは十分あります」

なんだよそれ。里久は惣介にぷうっと頬をふくらます。

惣介はそんな里久におかまいなしに、はっとした。

「年齢によっても白粉の塗り方は違いますよね」

桃はそうだと微笑む。

「顔がくすんでいるときは、先に紅を顔に塗ったり、白粉に混ぜたり。目じりの皺には薄くつけたりね。その年齢のお方の錦絵もあれば、なおいいわよね」

「では番頭さんに話しまして、旦那さまのお許しをいただいてもらって」

惣介は柄にもなく興奮し、店座敷へ出ていった。

茂吉は見送りながら首をふりふり、いろんな塗り方があるものですねえと感じ入っている。

桃がお稽古に行かないと、と立ち上がった。里久は茂吉に話がまとまったら改めて知らせると告げた。

藤兵衛は番頭から話を聞いて、すぐに錦絵を増やすことに許しを出した。

よくそこまで気がついたと褒め、これが桃の案だと知るとよろこんだ。

「それで里久を描くのかい。姉妹で錦絵ってわけだ。そう手順も増えないだろ。だったら一枚に姉妹を描いたらどうだい」

「お若い方の化粧と、年配の方の化粧の錦絵を一枚ずつということでございますか」

「そのほうが客もあれこれ選ばなくてよいし、こちらとしても掛ける費えを抑えられるだろう」

藤兵衛は大店のあるじらしく手腕をふるう。

「おっしゃるとおりで」

番頭も儲けの算盤を弾いたようで、それなら採算がとれると安堵した。

話はあれよあれよとすすみ、錦絵に描く年配の女のひとを誰にするかになり、あるじ部屋での話し合いに惣介と里久も加わった。

「どうせならこちらも姉妹がいいと思うんだが、そう都合よくはいくまい」

姉妹……。

藤兵衛の言葉をうけ、里久は閃いた。

「わたしに思い当たるおひとがいるよ」

里久は加納屋のお竹の名を出した。

「ああ、よろしいですね。はつらつとした上品なお方でございました」

惣介もお竹を丸藤で見ている。

「しかし姉妹となると」

と首をひねる。

「なにか考えがあるのかい」

藤兵衛は、里久がなにやら一計を案じていると見てとったようだ。

「じつは――」

里久は死んだ加納屋の女房をお竹と描いたらどうかと提案した。これなら姉妹になる。

「亡くなられた方を描くのはいかがなものでしょう。言葉は悪うございますが、縁起がよくないのでは」

と番頭は異を唱える。

「お竹さんはね、鏡台の化粧の品を見て、大人になった妹に会えたようだと言ってくれたんだよ。それを聞いて気づいたんだ。化粧の品には会えなかった刻(とき)を埋めてくれる力もあるんだなって。これってすごいことだよね」

それを教えてくれたのはお竹であり、おせんだ。

「錦絵に描くのは桃しかいないと思ったように、ふさわしいのはお竹姉妹しかいないとわたしは思うんだ」

「……なるほど。無粋なことを申しました。いまのことはどうぞお忘れくださいまし」

番頭は心から詫(わ)びると頭をさげた。

「里久、わかったよ。商談をうける書状を認(したた)めよう。それを持っておまえがお願いにあがりなさい」

おまえの案だ、最後までおまえがやってみろ。藤兵衛は里久にまかせた。

翌日である。供の長吉を店表に待たせ、里久はひとり加納屋の奥座敷にいた。

床の間を背に座している主人は、藤兵衛からの書状を読み終え、なるほどなあ、と感心してみせた。

「丸藤のあるじがおまえさんを商談に同席させた想(おも)いがわかったよ」

「恐れ入ります」

里久はつっと手をつき、辞儀をした。今日は丸藤の看板を背負って来ているのだ。

廊下に足音がして、お竹が自ら茶を運んできた。

「まああ、この間はお見舞いに来ていただき、ありがとうございましたね」

「お加減はいかがですか」

「ええ、もうすっかり」

言葉のとおり、疲れはとれたようだ。

「その錦絵が出来上がれば白粉は卸せるとあるが、ここに書いてあるお願い事とはなんだ」

話を戻した加納屋に、里久は改めて手をつく。

「その錦絵に、こちらのお竹さんを描かせていただけないでしょうか」

「ほう、義姉(ねえ)さんをかい」

茶を出していたお竹は、加納屋から話を聞かされ仰天(ぎょうてん)した。

「わたいなんて、とてもとても」

恥ずかしいをとおり越して恐ろしいと盆を抱きしめる。

「そこをなんとかお願いいたします。それにお竹さんの姿をかりて、おせんさんを描けたらと考えているんです」

「なに、おせんをか」

加納屋は思いもかけないことに息を呑(の)む。

「はい、お顔が似ているとうかがったものですから。わたしも妹と一緒に描いてもらいます。お竹さんもおせんさんと」

化粧の手順を描くことを思いついたのもお竹さんのおかげ。それにもうひとつ大事なことに気づかされたと、里久は怖気(おぞけ)をふるうお竹に言葉をつくす。

「化粧は肌の色もそうですが、年齢によってもつくり方が違います。その見本にご姉妹でなってはいただけませんか」

里久はふた組の姉妹の錦絵を白粉につけたいと懇願した。

「義姉さん、わたしからもお頼みします」

加納屋がお竹に深く頭をさげた。

「おせんが絵になれば、あいつは白粉とともにいろんな場所へ行くことができる。それも大好きな姉さんと一緒にだ。わたしがしてやれなかったことを――」

お頼みします。加納屋は畳に額をすりつける。

「加納屋さん……」

里久の胸に加納屋の女房への愛慕が沁みる。

「あの子が絵となって、わたいと一緒に下総へも帰ってゆけるということかえ」

「ええ、そうですよ」

加納屋はいくどもうなずく。

「そうかい。そんなら断わるわけにはいきませんねぇ」

お竹はわかりましたと引き受けた。

「ありがとう義姉さん。恩に着ます」

加納屋とともに、里久もお竹に感謝しますと心からの礼を述べた。

加納屋からの帰り道、里久は長吉に加納屋の座敷での話を聞かせながら荒布橋を渡る。

向こうから宝珠を描いた傘をさし、しゃぼん玉売りがやってきた。しゃぼんに浸した葦の茎を吹き、「あがったあがった」と歓声をあげてまとわりつく子どもたちと去っていく。

長吉は陽(ひ)の光を浴びて、あっけなく弾けるしゃぼんの玉を眺めながらため息をついた。

「わたしは女房が生きていてくれるうちに、うんとやさしくすると決めました」

女房などまだまだ先の話だというのに、長吉はそんなことを口にする。

「里久お嬢さんも、おやさしい方を旦那さまに迎えてくださいましよ」

「ほんとうだねえ。どんなおひとになるのかねえ」

「もう、他人事(ひとごと)のように言わないでくださいよ」

伊勢町河岸(がし)通りを「あははは」と笑い丸藤に帰ってくると、手代頭がやってきて待ってましたとばかりに首尾をきく。里久がうなずくと奉公人たちは、ほっと胸をなでおろした。

「ささ、旦那さまにお知らせを」

番頭にうながされ、里久は奥の藤兵衛の許へ行き、加納屋に商談を承知してもらい、お竹にも引き受けてもらったと報告した。

「大好きな姉さんと一緒にいろんな場所に行ける、か」

聞き終えた藤兵衛は、わかったとうなずいた。

店表へ戻ってきたら、飾り職人の清七の姿があった。

清七は里久をみとめ、座敷縁から腰をあげる。

「簪(かんざし)が出来たもんで、お持ちいたしやした」

店にはほかに客がいて、番頭は小座敷をすすめた。

「わたしはまだなにも注文していないよ」

「へい、ご新造さまからのご注文で」

清七は座敷に遠慮がちに腰をおろし、あれからなんどか寄ったのだと告げた。そのたびに里久は留守だったようで、見かねた須万から娘に合いそうなものをと注文を請けたのだと事情を説明した。

「とにかくひとつだけ、こんなのはどうかとつくってまいりやした」

清七はまあ見ておくんなさいと細い桐箱を開ける。

銀の前挿し簪だった。棒状の簪を川に見立て、金と銀の小花が流れているような意匠だ。花芯には小粒の珊瑚玉、白や青のビードロの玉がはめ込まれている。

「わたしにはかわいすぎやしないかい」

「そんなことはございやせんよ。ちょいと挿して見せておくんなさい」

里久は座敷にあった鏡を手に、簪を髪に挿した。

「ほら、よく似合っているじゃございやせんか」

「そうかい」

里久は鏡をしげしげと眺めた。思っていたより花は里久の髪に馴染んでいた。お転婆な里久に落ち着きと柔らかさが加味されたようだ。

「こんど錦絵に描かれるとか。よかったらそのときにこの簪を挿しておくんなさい」

　里久は思わず顔を赤らめた。

「まったく、長吉がしゃべったんだろ」

「いいじゃありやせんか。そりゃあ、うれしそうでしたよ」

　清七は、はははと笑い、やさしい眼差しで里久に問うた。

「気に入っていただけやしたか」

「うん、とっても。大事にするよ」

「そりゃあ、ようございやした」

　清七を表まで見送ったあと、里久は桃の部屋へ顔を出した。

「あら姉さん、お仕事はもう終わり」

　桃は葭簀戸を開け放ち、絵に描いてもらうときのだと言って衣装を選んでいた。

　里久はお竹に年配の女の見本になってもらったことを告げ、おせんも描くことを伝えた。

「化粧を桃に頼んでいいかい」

　わかったわ、と桃は快く受けてくれた。

「姉さんはやっぱりすごいわね。わたしはおせんさんを描いて姉妹の絵にするだなんて、思いもつかないわ」

「それを言うなら桃のほうこそだ。肌色で化粧の違いだなんて思いもしなかったよ」

「前に姉さんに教えたときは、そこまでこっちも余裕がなかったものだから」

桃はごめんなさいねと謝る。

「いいのいいの、白粉化粧をするときなんてそうないから」

「あら、店に立っているんですもの。ほんとうはしたほうがいいのよ。おっ母さまだってうれしいと思うわ」

首をすくめる姉に笑っていた桃だったが、その須万が錦絵に描いてもらうのを考え直せとさっき言いに来たのだと打ち明けた。

「付け文を入れられたり、待ち伏せされたりしたことがあったでしょ。心配だって。絵は奥川筋に送る白粉にだけつけるから大丈夫だって言ったの。だからやるわって」

「ねえ、桃はどうしてこんどのことを承知してくれたんだい」

里久はずっと不思議だった。

いくら奥川筋だからといっても、目立つことを嫌う桃である。

「いつものわたしならすぐに、嫌よ、ってけんもほろろに言ってたわよね」

そうね、どうしてかしら。桃は着物に帯を合わせていた手をとめる。

「わたしも丸藤の娘ですもの。店のためになりたかった……のかもしれないわね」

桃は里久の髪に新しい簪を見つけ、きれいね、と話をはぐらかした。

「清七さんが姉さんのために拵えた簪?」

「そうだよ」

里久は簪にそっと手を添えた。

「清七さんは姉さんのよさをよく知っていなさるわ」

わたしはどの簪にしようかしら。桃は立ち上がって簞笥（たんす）の小引き出しを開けた。

美人画のほうは多色。手順の絵は単色ということで、版木（はんぎ）を別にすることになり、美人画のほうから描くことになった。

茂吉に絵を描いてもらう日は、朝から髪結い（かみゆ）の滝に来てもらい、里久と桃、それにお竹が髪を結ってもらった。化粧は桃にしてもらう。民と須万も手伝っての仕度ができたところで、茂吉は絵の道具を廊下へ広げる。

「では桃お嬢さんからまいりましょうか」

きれいに化粧した桃が庭の楓（かえで）の下に立つ。

茂吉はもっと右だ左だ、葉に手を添えてと廊下から声を張り、形が定まると真っ白な画仙紙に一気に筆を走らせた。

「なんと別嬪（べっぴん）さんだこと」

お竹は開け放った座敷で己の番を待ちながら、桃のうつくしさにたまげている。

「まったくで。正真正銘の美人画でと頼まれるほうがよほど描きやすい。なのに美人画と景色画の間と言いなさるから難しい」

茂吉は弱音を吐きつつ、何枚もさらりさらりと描いてゆく。

奉公人たちも気になるようで、時々そうっとのぞきにやってくる。

お竹の隣で同じく桃を眺めていた里久は、そっときいた。

「加納屋さんはお越しにならなかったんですか」

今日の日取りを知らせたとき、わたしもおじゃまするよと楽しみにしていた。

「来たがっていましたとも。でもわたいが来るなって言ったんですよ」

「どうして」

加納屋はお竹のおせん姿をとても見たかったのではなかろうか。

お竹は庭に目をむけたまま答えた。

「だからですよ。きっとおいおい泣いてしまう」

番がきて、里久は茂吉の要望で池のそばに屈んだ。

「もう少しうつむき加減で。顎を引いて」

「こうかい」

言われるまま顎を引く。池の水面に花の簪を挿し、化粧をした娘が映る。

里久は簪にそっとふれた。

「そうそう、そのまま動かないで」

「お嬢さんきれいですよ」

と長吉の声が飛んでくる。

もういいですよと声がかかり、里久はよろめきながら座敷に戻った。

つぎはお竹の番である。

お竹は桃に化粧してもらっているとき、終始驚きの声をあげていた。

「顔に紅を薄く塗ってから白粉をするのかえ。なるほど明るくなりますねえ。皺には薄くつける、と。ふふ、おぼえましたよ。ええっ、せっかく塗ったのに、こんなに手拭（てぬぐ）いでとってしまうのかえ」

お竹は庭の真ん中に立った。髪には丸藤で誂（あつら）えた萩（はぎ）の蒔絵（まきえ）の櫛（くし）がある。すっと立つその姿はりんとしていて、うつくしい。

「はい、そのままで」

茂吉はふたり分だからと筆を早める。

「はい、つぎはおせんさんを描きます」

お竹はちょっと待ってくれとこちらへ戻ってきた。里久が差し出す冷ました麦湯を飲んでひと息つき、萩の櫛から菊の櫛へとかえる。そして化粧を直しに来た桃に、ほくろを描いてくれないかと頼んだ。

「妹は右の目許にほくろがひとつあったんですよ」

「ええ、わかりました」

桃は眉墨(まゆずみ)を筆にのせ、そっとほくろを描いていく。

「どうでしょうか」

桃は鏡を渡す。受けとったお竹は己の顔を見て、ほろりとほほ笑む。

「やっぱり義弟を連れてこなくてよかった」

鏡を桃に返し、さて、もうひとがんばりと庭に出ていった。


それから数日の間、里久は絵が刷り上がるのをじりじりと待った。ためし刷りだといって茂吉が錦絵を持ってきたのは、二十八日の大川の川開きの日であった。

長吉が奥へ藤兵衛を呼びに行き、茂吉は出てきた藤兵衛にまず手渡した。すぐに数枚を奉公人へ回してゆく。里久はそれぞれの絵を手にとった。長吉が横からのぞきこむ。

里久と桃が描かれた錦絵は、姉妹が庭で戯(たわむ)れているようだ。お竹のほうはと見れば、姉が妹を見守るように立っている。妹は黄色い野の花を手に、姉にほほ笑みかけている。

どちらの絵も、そこにあるなにげない日常だ。里久は知っている。それがどんなにかけがえのない大切なものかを。

「きれいな、よい絵にございますね」

長吉がつぶやき、みながうなずく。

「よし、これでいこう。加納屋さんにもお届けしなさい」

藤兵衛はそう言い残し、あとは細かい直しの相談だと、安堵と歓喜に頬を火照(ほて)らせている茂吉を連れて小座敷へ入っていった。

錦絵のためし刷りは、手代がすぐに加納屋へ届けた。

「どうだった」

戻ってきた手代に里久はきく。気に入ってくれただろうか。

「それが、加納屋の旦那さまにお渡ししましたら、ひと目ごらんになって恐ろしいお顔をなさいまして、そのまま黙って奥へ行ってしまわれて」

もう戻ってこなかったという。


「姉さん、早く早く」

桃が藍(あい)の絽(ろ)の袂(たもと)を翻し、里久に手をふっている。去年もこうやって妹と花火を見たと思い出し、里久は「待っておくれよぉ」と伊勢町河岸通りを走る。

中之橋に立てば、耕之助と富次郎が待っていた。

「ここじゃあ、蔵がじゃましてあんまり見えねえぜ」

耕之助はもっと両国橋(りょうごくばし)の近くに行こうぜと誘う。たしかにここでは甍(いらか)の間からちらりちらりと見えるだけだ。

「いいの、ここで」

里久は人混みが苦手な桃を気遣う。

「富次郎さんは船に乗らなくていいの」

桃は大和屋では毎年、屋形船での豪勢な花火見物だと里久に教えた。

薄物を着こなした優男は「いいのいいの」と鷹揚に手をふる。

「見物と言ったって、得意先を呼んでの接待だ。こうやって静かに花火を見るほうがずんといいさ」

ところで錦絵になるんだってね、と富次郎は言った。

「しゃべったのは長吉だろ」

まったくおしゃべりなんだからと怒る里久に富次郎は、

「兄さんはさ、桃ちゃんが錦絵になるのを嫌がっていたんだよ」

とにんまりした。おまえこそおしゃべりだ。耕之助が富次郎の口をふさぐ。

「耕之助さんは反対なの」

とたんに桃はしおれてしまう。

「なに、焼きもちさ。兄さんは桃ちゃんがほかの男の目にふれるのが心配なだけだよ」

富次郎は耕之助の手を払って言い、拳をふりあげた耕之助からひょいと逃げた。

耕之助はあげた手で己の頭を掻く。

「俺は跡取り娘の里久ならともかく、桃ちゃんがそこまでしなくてもいいんじゃないかと思っただけだ」

だけど富次郎に言われたのさ、とつづける。

「三男坊だからおまえはやらなくていいって言われたら悲しいよって。そうだよな、やろうと思う気持ちに跡取りかそうじゃないかなんて関係ない。それは男でも女でもな」

「耕之助、おまえいいこと言うじゃないか」

里久は耕之助の肩をばしばしたたいた。さすが桃が好きになった男だ。

「里久、痛（い）てえよ」

顔をしかめる耕之助を見つめる桃は、それはきれいな微笑（ほほえみ）を浮かべている。

どんっ、と風にのって音が聞こえた。

「おっ、はじまったようだ」

逃げていた富次郎が寄ってきて、若い四人は並んで天を仰いだ。

遠く、赤い光がちらちらと甍の向こうで瞬いている。

お竹が下総へ帰ると知らせてきたのは、六月の最初の日だった。二日後の昼に出る積荷の船で江戸を発（た）つという。

里久は見送りに加納屋を訪れた。荷揚げ場の河岸でお竹と立つ。

「江戸見物がこんなに楽しいものだなんて思いもしませんでしたよ」

味をしめたとお竹はほくそ笑む。

「花火もそりゃあ見事なものでしたよ」

そこでお竹はそっと里久に耳打ちした。

「義弟ったら、上がる花火にもらった絵を掲げてね、ほら、おせん、きれいだろって」

里久にはそのときの加納屋の姿が見えるようだ。

「よろこんでくれていたんですね」

里久は加納屋がようやく受けとめた悲しみを、錦絵でふたたび大きくしてしまったのではないかと案じていた。

「あんまり似ていたんで驚いただけですよ。ほくろをつけたのはやりすぎだったかしら」

お竹はちろりと舌をだす。

「本刷りの錦絵が間に合わなくてごめんなさい」

手順の絵も刷ってとなると、出来上がりはもう少し先になる。

「いいえ、ためし刷りをいただけてありがたいですよ。里久さん、ほんとうにあなたには感謝しています。わたいの想いが叶(かな)うんですから」

お竹は胸にそっと手を置く。

「また遊びに来てくださいね」

里久はお竹の再来を願う。

「もちろんですよ。そのときはまた付き合ってくださいましね」

義姉さんいいかい、と桟橋で呼ぶ加納屋は、松坂木綿の単(ひとえ)を粋(いき)に着こなす。

お竹は船頭の手をかりて船のひととなった。

船は堀を滑りだす。

「お元気で、待ってますからねえー」

里久は力いっぱい手をふる。お竹も里久に手をふり返す。その懐には姉妹が描かれた錦絵があった。

妹を胸に抱いて下総へと帰っていくお竹を、里久はいつまでも見送っていた。

参考文献

『根付讃歌』稲垣規一著　一九九六年　里文出版
『行徳の塩づくり』二〇〇二年三月三十一日第二版　市立市川歴史博物館
『お茶のお稽古　茶道入門』松井宗幸監修　二〇〇三年　成美堂出版

本書は、ハルキ文庫のために書き下ろされた作品です。

み 12-4

雛のころ 小間もの丸藤看板姉妹㈣

著者 宮本紀子

2021年8月18日第一刷発行

発行者 角川春樹

発行所 株式会社角川春樹事務所
〒102-0074 東京都千代田区九段南2-1-30 イタリア文化会館

電話 03(3263)5247[編集] 03(3263)5881[営業]

印刷・製本 中央精版印刷株式会社

フォーマット・デザイン&シンボルマーク 芦澤泰偉

ISBN978-4-7584-4429-3 C0193

http://www.kadokawaharuki.co.jp/[営業]
fanmail@kadokawaharuki.co.jp[編集] ご意見・ご感想をお寄せください。